国际大奖小说

德国儿童文学环保贡献奖

好运守护者

[英]吉尔·刘易斯 / 著

王祖宁 / 译

天津出版传媒集团

新蕾出版社

图书在版编目 (CIP) 数据

好运守护者 / (英) 吉尔·刘易斯 (Gill Lewis) 著；
王祖宁译. -- 天津：新蕾出版社，2023.5
（国际大奖小说）
书名原文: Moon Bear
ISBN 978-7-5307-7504-2

Ⅰ. ①好… Ⅱ. ①吉… ②王… Ⅲ. ①儿童小说-长篇小说-英国-现代 Ⅳ. ①I561.84

中国国家版本馆 CIP 数据核字(2023)第 017117 号

Original title: Moon Bear
Text © Gill Lewis 2013
The moral rights of the author have been asserted
First published 2013
Simplified Chinese translation copyright © 2023 by New Buds
Publishing House (Tianjin) Limited Company
本书中文译稿由台湾远见天下文化出版股份有限公司授权使用
ALL RIGHTS RESERVED
津图登字：02-2020-249

书　　名	好运守护者 HAOYUN SHOUHU ZHE
出版发行	天津出版传媒集团 新蕾出版社
	http://www.newbuds.com.cn
地　　址	天津市和平区西康路 35 号 (300051)
出 版 人	马玉秀
电　　话	总编办 (022)23332422 发行部 (022)23332351　23332679
传　　真	(022)23332422
经　　销	全国新华书店
印　　刷	天津新华印务有限公司
开　　本	880mm×1230mm　1/32
字　　数	100 千字
印　　张	8
版　　次	2023 年 5 月第 1 版　2023 年 5 月第 1 次印刷
定　　价	30.00 元

著作权所有，请勿擅用本书制作各类出版物，违者必究。
如发现印、装质量问题，影响阅读，请与本社发行部联系调换。
地址:天津市和平区西康路 35 号
电话:(022)23332677　邮编:300051

一辈子的书

◎ 梅子涵

◆亲近文学◆

一个希望优秀的人,是应该亲近文学的。亲近文学的方式当然就是阅读。阅读那些经典和杰作,在故事和语言间得到和世俗不一样的气息,优雅的心情和感觉在这同时也就滋生出来;还有很多的智慧和见解,是你在受教育的课堂上和别的书里难以如此生动和有趣地看见的。慢慢地,慢慢地,这阅读就使你有了格调,有了不平庸的眼睛。其实谁不知道,十有八九你是不可能成为一个文学家的,而是当了电脑工程师、建筑设计师……可是亲近文学怎么就是为了要成为文学家,成为一个写小说的人呢?文学是抚摸所有人的灵魂的,如果真有一种叫作"灵魂"的东西的话。文学是这样的一盏灯,只要你亲近过它,那么不管你是在怎样的境遇里,每天从事怎样的职业和怎样地操持,是设计房子还是打制家具,它都会无声无息地照亮你,使你可能为一个城市、一个家庭的房间又添置了经典,添置了可以供世代的人去欣赏和享受的美,而不是才过了几年,人们已经在说,哎哟,好难看哟!

谁会不想要这样的一盏灯呢?

◆阅读优秀◆

文学是很丰富的,各种各样。但是它又的确分成优秀和平庸。我们哪怕可以活上三百岁,有很充裕的时间,还是有理由只阅读优秀的,而拒绝平庸的。所以一代一代年长的人总是劝说年轻的人:"阅读经典!"这是他们的前人告诉他们的,他们也有了深切的体会,所以再来告诉他们的后代。

这是人类的生命关怀。

美国诗人惠特曼有一首诗:《有一个孩子向前走去》。诗里说:

> 有一个孩子每天向前走去,
> 他看见最初的东西,他就变成那东西,
> 那东西就变成了他的一部分……

如果是早开的紫丁香,那么它会变成这个孩子的一部分;如果是杂乱的野草,那么它也会变成这个孩子的一部分。

我们都想看见一个孩子一步步地走进经典里去,走进优秀。

优秀和经典的书,不是只有那些很久年代以前的才是,只是安徒生,只是托尔斯泰,只是鲁迅;当代也有不少。只不过是我们不知道,所以没有告诉你;你的父母不知道,所以没有告诉你;你的老师可能也不知道,所以也没有告诉你。我们都已经看见了这种"不知道"所造成的阅读的稀少了。我们很焦急,所以我们总是非常热心地对你们说,它们在哪里,是什么书名,在哪儿可以买到。我就好想为你们开一张大书单,可以供你们去寻找、得到。像英国作家斯蒂文生写的那个李利一样,每天快要天黑的时候,他就拿着提灯和梯子走过来,在每一家的门口,把街灯点亮。我们也想当一个点灯的人,让你们在光亮中可以看见,看见那一本本被奇特地写出来的书,夜晚梦见里面的故事,白天的时候也必然想起和流连。一个孩子一天天地向前走去,长大了,很有知识,很有技能,还善良和有诗意,语言斯文……

同样是长大,那会多么不一样!

◆自己的书◆

优秀的文学书,也有不同。有很多是写给成年人的,也有专门写给孩子和青少年的。专门为孩子和青少年写文学书,不是从古就有的,而是历史不长。可是已经写出来的足以称得上琳琅和灿烂了。它可以算作是这二三百年来我们的文学里最值得炫耀的事情之一,几乎任何一本统计世纪文学成就的大书里都不会忘记写上这一笔,而且写上一个个具体的灿烂书名。

它们是我们自己的书。合乎年纪,合乎趣味,快活地笑或是严肃地思考,都是立在敬重我们生命的角度,不假冒天真,也不故意深刻。

它们是长大的人一生忘记不了的书,长大以后,他们才知道,原来这样的书,这些书里的故事和美妙,在长大之后读的文学书里再难遇见,可是因为他们读过了,所以没有遗憾。他们会这样劝说:"读一读吧,要不会遗憾的。"

我们不要像安徒生写的那棵小枞树,老急着长大,老以为自己已经长大,不理睬照射它的那么温暖的太阳光和充分的新鲜空气,连飞翔过去的小鸟,和早晨与晚间飘过去的红云也一点儿都不感兴趣,老想着我长大了,我长大了。

"请你跟我们一道享受你的生活吧!"太阳光说。

"请你在自由中享受你新鲜的青春吧!"空气说。

"请你尽情地阅读属于你的年龄的文学书吧!"梅子涵说。

现在的这些"国际大奖小说"就是这样的书。

它们真是非常好,读完了,放进你自己的书架,你永远也不会抽离的。

很多年后,你当父亲、母亲了,你会对儿子、女儿说:"读一读它们,我的孩子!"

你还会当爷爷、奶奶、外公和外婆,你会对孙辈们说:"读一读它们吧,我都珍藏了一辈子了!"

一辈子的书。

目录

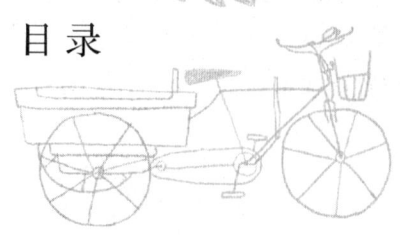

引子 第一场暴风雨 ……… 1

1 森林之夜 ……………… 5

2 告别 …………………… 14

3 新生活 ………………… 21

4 湄公河 ………………… 25

5 砰! …………………… 31

6 一夜长大 ……………… 34

7 一罐蜂蜜 ……………… 41

8 神秘大门 ……………… 44

9 欢迎来到养熊场 ……… 51

10 困在笼中 ……………56

11 熊胆汁 ………………… 64

12 城市生活 ……………… 70

13 又见陈将军 …………… 77

14 好运 …………………… 83

15 柔软的夜晚 …………… 89

16 每个人都会说谎 ……… 95

17 超声仪 ………………… 102

18 咬人魔的胆汁 ……… 106

19 想家 …………………… 115

20 阿康的提议 …………… 121

21 带好运赚钱 ………… 126

22 自由 …………… 135	33 萨瓦的心愿 ………… 207
23 新把戏 …………… 142	34 逃 …………… 215
24 他乡遇故知 ………… 148	35 异常安静的咬人魔 … 221
25 老友造访 …………… 155	36 重返故乡 …………… 227
26 回家 …………… 163	37 萨瓦的信 …………… 234
27 家的味道 …………… 168	尾声 六个月后 ………… 236
28 稻田一日 …………… 174	给读者的信 …………… 242
29 回到养熊场 ………… 179	有关月熊的小知识 …… 244
30 不安全的地方 ……… 185	
31 梦想 …………… 190	
32 好运的厄运 ………… 199	

引子　第一场暴风雨

我的爷爷和爸爸都是养蜂人。他们会和蜜蜂说话。他们了解蜜蜂,也懂得它们的习性。

每逢夜晚,天上看不见月亮的时候,他们就会爬上光滑的树干,去采野蜂蜜。蜜蜂会告诉他们一切:哪里可以打到野味,森林里的果子什么时候成熟,什么时候会下雨。

爷爷总是对我说,我们能从蜜蜂身上学到很多东西。

冬天的傍晚天气湿冷,雨水穿过山谷淙淙流下,噼里啪啦地砸向地面,跳入炉火后咝咝作响。我往身上裹了一条毛毯,偎到爷爷身旁。

"给我讲讲南鹏的故事吧。"我说。

爷爷总是笑眯眯地说:"南鹏?是谁呀?"

"南鹏就是那只最勇敢的蜜蜂呀。"

"哼!"爷爷说,"它不过是一只小蜜蜂,有什么好讲的。"

"请给我讲讲吧,"我恳求道,"给我讲讲南鹏的故事吧。"

爷爷用树叶卷起一颗槟榔,慢慢地嚼了起来。"好吧。"他说,"那我就讲讲。"

我把下巴抵在蜷起的双膝上,目不转睛地盯着炉火,望着炉中的火苗。火苗跳跃着、摇曳着,仿佛也在讲故事。

"很久很久以前,"爷爷总是这样开头,"天下欣欣向荣,一条大河从白山奔流而下。大河养育了森林,森林里到处都是老虎、大象、月熊①、日熊②、云豹、石纹猫、麑鹿、猕猴和织巢鸟……"爷爷深吸了一口气,继续说道:"还有许许多多动物,我有生之年也说不完。森林里的树木直入天际,积雨云就挂在树梢。很快,溪流都汇入了大河,河里的鱼儿不计其数。"

"可后来妖怪来了,对吗?"我问。这是我最喜欢的一段。

爷爷皱了皱眉,接着点点头:"但是,有一天,这里来了一个妖怪。天色未明时,这个叫作八赖的妖怪大摇大摆地走进森林,吃掉了许多动物和树木,还把骨头和木髓吐到地上。它边走边吃,吞掉了沿途所有的东西。动物们有的跑,有的飞,有的游,都想要逃往森林深处。但妖怪还是追了上来,不仅撕开了大地,还喝干了大河。河里只剩下几

---

①月熊,即亚洲黑熊,属食肉目,全身黑色,因前胸有白色新月形斑纹,故称月熊。

②日熊,即马来熊,属食肉目,全身黑色,因前胸有浅棕黄色或黄白色U形斑纹,故称日熊。

滴水,鱼儿在泥浆里拼命挣扎、奄奄一息。到了晚上,只有一座小山上还孤零零地立着几棵树。'请把这片树林留给我们吧。'动物们哀求道,'我们只剩这些树了。'但妖怪还没有吃饱,而且它突然挺直了身体……"

每当爷爷讲到这里,我就会站起身来,抖动毛毯,在身后投下一个巨大的黑影,然后深吸一口气,大声吼道:"我是八赖!我是八赖!看你们谁敢挡我的路!"

爷爷假装蜷成一团:"所有的动物都躲了起来,就连老虎和熊也不是妖怪的对手。但是,正当八赖拽住离它最近的一棵大树,准备连根拔起时,一只小蜜蜂从树丛里飞了出来,径直来到八赖面前。

"'我是南鹏。'这只蜜蜂说,'我要挡住你的去路。'

"妖怪一把抓起南鹏,仰天大笑。'就凭你?'它叫嚣道,'你这个小不点儿!就算被你蜇一下,我身上顶多起个包。'

"南鹏在它的魔爪中嗡嗡地说:'我是南鹏,我一定要挡住你的去路。'

"当森林里的其他蜜蜂听到南鹏如此无畏时,它们的心中一下子充满了希望和勇气。它们不是也能像南鹏一样勇敢吗?

"八赖一边龇着牙,一边捏住南鹏的翅膀,恶狠狠地盯着南鹏的眼睛。天空陡然阴沉下来。'你算老几,小蜜蜂?你敢来我的面前,不是因为你有多勇敢,而是你太愚蠢。在我把你捏碎之前,你还有什么

要说的？'

"南鹏吓得浑身发抖,但它仍然直视着妖怪的眼睛。'八赖……'它说。

"'大声点儿!'妖怪咆哮道,'我根本听不见你在说什么。'

"'回头看看。'南鹏说,'你得回头看看。'

"'回头？我？'八赖不屑地哼了一声,'既然这是你的遗愿……'

"八赖回头看了看。

"只见它的面前盘旋着一团巨大的'黑云'。一大群愤怒的蜜蜂首尾相接、遮天蔽日。

"八赖顿时瘫倒在地。

"'我虽然个头儿很小,'南鹏说,'但我可不是单枪匹马。你听到蜂群的声音了吗？'"

1
森林之夜

我抓起一把小石子儿,攥紧拳头,让石棱深深硌着皮肤。保持清醒,阿丹,别睡着,别睡着。

我朝另一边望去,只见阿糯正靠在我身旁突出的岩石上,把头埋进臂弯,发出轻柔的呼吸声。我想叫醒他,因为在森林里睡觉真的很危险,我们要保持警惕。

我揉了揉眼睛,深吸一口气,让肺里充满夜晚凉爽的空气。抬头望去,月亮在天空中细如一道弧线。整个晚上,我们都在等待。龙尾①处那颗明亮的星星已经爬上了树梢。森林里一片漆黑,万籁俱寂。这就是黎明前的黑暗,也是鬼怪出没的时间。

我匍匐在地,向前挪动身体,从高高的岩石上向下望去。在瀑布下面,月光映照在宽阔的池塘中,美丽的涟漪泛着白色的亮光,一圈

---
①天龙座的尾部。

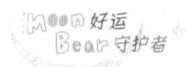

圈扩散开来。蝴蝶兰的芳香在水面上荡漾,森林里的动物都已沉沉睡去。也许阿糯说错了,也许它今晚不会出现。

我目不转睛地盯着河流对岸黑魆魆的山坳。

在岩石的暗影间,一个黑色的身影蠢蠢欲动。我扯下一条松动的树藤,缠在指间,静观其变。虽然夜晚十分凉爽,我的手掌还是沁满了汗珠儿,变得滑溜溜的,我甚至可以感觉到血液正涌过手掌。我吃力地咽了口唾沫,在下面五十步开外的地方,那个黑影开始移动。它逐渐显现出轮廓,并走到了月光下。

我捅了捅阿糯的腰:"醒醒!"

阿糯连忙抬起头:"怎么了?"

"嘘!"我说,"它来了,就在那儿。"

阿糯揉了揉惺忪的睡眼,向前探出身子。他抓紧我的胳膊,向下方的河流望去:"在哪儿?"

"在那儿。"

那个黑影用后腿站了起来,嗅了嗅四周的空气。

我屏住了呼吸。

这是一头熊,一头巨熊。我从来没有见过这么大个儿的熊。它比我爸爸要高,甚至比村长还高。它胸前新月形的白毛在黑色的身体上格外显眼。它再次嗅了嗅空气,一对小圆耳朵突然转向我们。这就是传说中的月熊,它神出鬼没,会吃掉庄稼、伤害人类。

此时此刻,它就在这里。

我把身体紧贴在岩石上。我们虽然处于下风,但四周黑影幢幢,瀑布发出的巨大响声盖过了我们的声音。我们藏在这里,一动不动。不知怎的,我还是觉得,这头熊能感知我们的存在。它知道我们就在这里吗?

在我身旁,阿糯变得十分紧张。我能听到他的呼吸,那声音很轻,但很急促,我能感觉到,他也在望着下方。月熊四爪着地,向前方的河水探出身子。它低下头,一边大口喝水,一边抽动耳朵。

我长舒了一口气。

阿糯靠了过来:"我告诉过你,它会来的。"

我望着下方的河水。

这头熊很瘦。它不仅啃食庄稼,还闯进了饲料库。它让村子里的每一位母亲都担惊受怕,但从来没有人能逮住它。爷爷说,这头熊很聪明,如果身边带着幼崽,它就会变得更加危险。我不禁想起了妈妈,要是让她知道我在这里捕猎幼熊,她准饶不了我。

"你真觉得它有崽儿了吗?"我问。

阿糯点点头:"你爷爷说过,它肯定是在喂崽儿,否则它不会冒险靠近村子的。"

这些年来,没有人见过野熊,爷爷说它们全都被赶进了森林深处。但他年轻的时候见过熊。当时,那头熊把一个男人按倒在地,一把就扯掉了半张脸。所以,野熊比老虎更可怕。

在黑暗中,阿糯咧嘴一笑,露出了洁白的牙齿。"一只熊崽可以换一百美元,甚至更多。想想吧,阿丹。"他说,"就连我哥也找不到这个熊窝。要是我能带一头熊回去,我们就能像男子汉一样,大摇大摆地回村了。那时候,我哥不知道会有什么表情,我都等不及要看了。"

月熊再次嗅了嗅空气,然后动了起来。它从一块岩石跳到另一块岩石,就这样沿着小河顺流而下,向村子的田地里奔去。

阿糯递给我一把小手电筒。"去呀!"他说,"快去!"

"我还以为你要和我一起去呢。"我说。

阿糯摇摇头:"我们俩得留一个人把风。"

我想把手电筒塞回他手中。"我来把风好了。"我说,"你去吧。"

月影遮住了阿糯的半张脸,但还是能看出他很不高兴。"是我先发现的。我在泥洼里找到了它的掌印,还在树上发现了抓痕,所以这会儿该你去捉熊崽了。再说了,"他不容置疑地说道,"你个头儿小,能够钻进岩石间的缝隙。"

我瞪了他一眼。我和阿糯同年同日生,今年都是十二岁。人们说我们俩就像亲兄弟。但阿糯是村长的幼子,总是能够随心所欲。

"去呀!"阿糯推了我一把。

"要是它回来了怎么办?"我望着河水问。河流漫长而笔直,到处都是瀑布。月熊越游越远,还跳进了一个深塘。

"还早着呢。"阿糯说,"熊窝里有一百美元在等着我们。"他笑嘻嘻地靠了过来:"你该不是害怕了吧?"

"我才不怕呢!"我厉声答道。

"那就去呀。"他说,"要是我看见它回来了,会给你发信号的。"

我用牙咬着手电筒,攥紧了手中的藤条,生气地看了看他。对阿糯来说,要紧的不是抓熊,而是胜过哥哥一筹。

我跳进下方的河谷,然后站在一块岩石上,在黑暗中侧耳倾听。一阵微风掠过头顶的树叶,青蛙在水流平缓的地方和河边的水坑里发出呱呱的叫声。我知道,我不会听到熊的声音,爷爷说过,野熊从来不会发出响动。在森林里,它们走起路来无声无息。你既跑不过它们,也爬不过它们,更游不过它们。

河水很浅。只有大雨过后,河水才会湍急奔涌。我跨过一堆半圆形的岩石,来到对岸的熊窝前。那里面又黑又深。

要是里面还有一头成年野熊怎么办?要是熊崽已经长大了,和我打起来怎么办?

我扭头望着上方陡峭的山涧。我看不见阿糯,但我知道他一定在看着我。此刻我只能铤而走险了。我打开手电筒,昏黄的光线忽明忽暗,几乎照不清任何东西。这是阿糯哥哥的手电筒。

我侧身来到熊窝入口。一条低矮的隧道向上倾斜,通向岩石深处,下面的土地潮湿泥泞,岩石摸起来冰冰凉凉的。我摸索着继续前

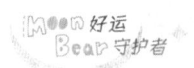

行。狭窄的通道逐渐变宽,尽头是一个小型洞穴,刚好能容下一头熊。洞穴里闻起来干净清爽,外面的空气仿佛不断从通道涌入。

我用手电筒照了照洞穴四周,只见地面上散落着干燥的树叶和断裂的枝条,松软的泥土向下凹陷,上面铺着一层黑色的软毛。这里肯定是母熊睡觉的地方。我伸手摸了摸地上的枯叶,仍能感觉到母熊残存的体温。

我跳了进去。

有东西突然动了一下,并且开始在我手掌下蠕动。

我用手电筒照了照下面。一个黑色的家伙藏在树叶下,伸出了一只又粗又短的小爪,一对小眼睛在手电筒的光线下闪闪发亮。这只熊崽还没有小猪大。它用鼻子拱了拱我,伸出了扁平的粉色舌头。我目不转睛地盯着它。母熊一定是饿坏了,所以才留下它孤身一个、毫无防备。

它四肢朝上扭动着身体,露出胸前新月形的白毛,月牙儿上方还有一撮螺旋形的白毛,宛若夜空里的星星。

我怎么能偷走这只熊崽?它太小了,还在吃奶。

我盯着这只幼崽。一百美元。五十美元归阿糯家,五十美元归我家。这比爸爸卖蜂蜜和野味赚得还多。我们甚至还可以买一头水牛。

不知从什么地方传来了长臂猿的啼鸣,那声音划破了夜空,听起来十分遥远。在幽深的洞穴内,一切显得安详而静谧,仿佛与世隔绝一般。熊崽待在这里,安逸又安全。

或许我该告诉阿糯这里没有熊崽,也不应该把它偷走。

可那是一百美元哪!而且机不可失,时不再来。

长臂猿又叫了起来,声音高亢而尖厉,不知是什么东西惊扰了它的美梦。但在这个四壁弯曲的洞穴里,我却感到格外安全。我伸出一根手指,抚摸着熊崽柔软的腹部。

长臂猿的啼鸣再次响起,声音比上一次更加不安。这是一个警告。

我腾地站了起来,心脏怦怦直跳。长臂猿的啼叫是阿糯的信号。

母熊回来了。

我抓起熊崽后颈松垂的皮毛,在隧道里摸索着前行。母熊不可能回来,起码现在不可能。阿糯说过,它要在田地里待上好一阵子,怎么可能这么快回来?

我跟跟跄跄地钻出洞穴,迎头便撞上母熊黑色的铁躯。我一个趔趄瘫倒在岩石上,松开了手中的熊崽。

母熊猛地回过头来。它低下脑袋,一边嗅了嗅自己的幼崽,一边用黑色的小眼睛怒视着我。它近在咫尺,我甚至可以摸到它的身体,闻到它的气味,听到它的呼吸。突然,母熊双唇大张,露出下颚发黄的犬齿。

我真想钻进地缝里,和岩石融为一体。

我闭上了眼睛。千万别动。千万别动。千万别动。

我等着母熊一口咬住我的脑袋。

但什么也没有发生。

我睁开双眼,看见它后腿站立,正聚精会神地倾听山谷里的动静。它鼻尖朝上,嗅了嗅头顶的空气。

"嗷呜!"母熊从胸膛深处发出怒吼,仿佛是在警告我。"嗷呜!"它四肢着地,叼起了幼崽的后颈。小熊蜷起爪子,在它的口中晃来晃去。母熊蹚过小河,很快便消失在黑暗之中,只剩下一圈圈涟漪仍在河面上不停地扩散。

阿糯跌跌撞撞地从岩石上冲了下来,蹲在我身旁。在月光下,他的脸显得十分苍白。"我还以为你死了呢。"他说。

我想要坐直身体,但胳膊和腿颤抖不止。

"快走!"他说,"别等它又回来了。"

我摇了摇头:"它不会回来了。好像有什么响动,把它吓坏了。"

阿糯站了起来,往村庄的方向看了看:"也许是我哥带枪过来了。"

我吃力地站起身来,紧紧靠着阿糯。我们并肩站立,在黑暗中侧耳细听。

在山那边很远的地方,传来了一阵轰隆隆的声音。

"还有别的声音。"我说,"听呀。"

阿糯皱了皱眉:"是打雷吧。"

远处的隆隆声越来越大,是从山谷里发出的。引擎的轰鸣声在寂静的夜空里传得很远,听起来十分沉闷,在远处的群山间四处回荡。在那里,伐木工人已经开始砍伐树木。

这是机器在轰鸣,声音划破了整个夜空。

阿糯扭头拽住我的胳膊,在月光下睁大眼睛盯着我。

没有打雷。

也不是暴风雨。

阿糯把双手插进头发里。"他们来了,对吧?"他说,"他们是来带我们走的。"

我感到一阵恶心和内心深处的空虚。

他们不应该在这里,至少现在不应该。

假如早点儿下雨,也许他们就不会走这么快,也许他们的车轮仍在山脚下的泥淖中打滑。但是大雨只下了两天,从湄公河大峡谷到这里的蜿蜒土路很快就被风吹干了。现在没有什么能阻止他们前进了。

拂晓之前,载有士兵的卡车就会抵达这里。

2
告　别

　　妈妈一把拽住我的衬衫，把油灯举到我脸旁："阿丹！你上哪儿去了？"她瞪了一眼阿糯，发现他浑身是泥，腰间还挂着猎刀。她太了解我们俩了。"小家伙们，猎熊可不是闹着玩的！"她严厉地说道。

　　爸爸把竹笼塞进我手中："没时间说这个了。鸡很快会在林子里走散，赶紧把它们关进笼子里。小猪也一样。"他又转身对阿糯说："回家吧，阿糯。你哥哥正找你呢。"

　　卡车的隆隆声越来越响。它们已经进入了下面的山谷。远远望去，车队正迤逦前行，穿过树林，一溜儿车头灯仿佛蛇一样弯弯曲曲。引擎发出的震动已经传到了我的脚下。

　　苏雷揉了揉惺忪的睡眼。阿美正抱着妈妈啜泣。"快点儿，阿丹！"爸爸推了我一把，"时间不多了。"

　　我抓过竹笼，去找我家的母鸡。它们要么挤在鸡棚里过夜，要么钻进木楼下面木桩之间的土坑里。而那几头小猪一定卧在昨夜火堆温暖的余烬上打盹。在黑暗中,我能听到邻居家中传来的各种声音:婴儿的啼哭声、猪的呼噜声、人们的脚步声、压低的交谈声……整个村子仿佛一下从睡梦中惊醒。一头小猪逃到了我身后,尖叫着在土路上乱窜。我把母鸡一只一只拽出来,用藤条绑住它们的双足,以免它们在漫长的旅途中不停挣扎,然后将它们塞进鸡笼。它们一边拍打着翅膀,一边发出咯咯的叫声。我想抓住家里的大公鸡,但它已经醒来,飞上了房顶,扭过头来开始打鸣儿。此时天还没亮,也许它只是听到了士兵们的动静。

"阿丹!"父亲站在我身旁,弯腰关上竹笼,并用藤条绑紧。接着,他咬断藤条的末端,我能听到他从牙缝里发出的喘息声。"你妈和妹妹们会尽量把地里的粮食打包,我们得把所有东西带走,今后再也不回来了。"他说。

我感到胆汁从胃中泛起,嘴里的苦味很重。

爸爸从我手中接过笼子,放到公路旁边。在那里,一个个篮子、包裹、竹笼和箱子被稳稳当当地摞在一起,等着被装进卡车。村民们头顶着体积庞大的物品,在住宅和公路之间往来穿梭,就像一窝移动的林蚁。我搬出了家中的米袋和锅碗瓢盆,将衣物卷进床垫和毛毯之中。不能落下任何东西。这些东西将来我们全都用得着。

我最后一次爬上台阶,准备拿走妈妈的刺绣。等我们搬到新家,她就会到集市上卖掉这些刺绣。如今,我们的房子空空如也,只剩下

一具空壳，无论是闻起来还是给人的感觉都与之前大不相同，看起来空落落的。原来铺着床垫的地方，现在只有光秃秃的地板。我们再也不会在这所房子里睡觉、吃饭。我竭力让自己不去想这些，颓然地抱着一卷刺绣，在刺鼻的染料味中走下楼来。

"要跟我道别吗？"

我转过头去。刚才一直没看见爷爷，他坐在窗边，在一片月光中显得格外安详。

我强忍夺眶而出的眼泪。我可不想让他看到我哭鼻子。

"我不会跟他们走。"我说，"我要和您待在一起。"

爷爷一言不发，点燃了烟斗。我望着一缕烟雾袅袅升起，淡蓝色的雾霭将他笼罩。烟斗散发出的甜甜的花香，在房间里弥散开来。他向后靠了靠，伸直了那条有残疾的腿。那条腿上有一条长长的刀疤，色泽乌黑，伤口很深。

我等着爷爷开口，但他却转过头去。屋外的台阶上传来一阵沉重的脚步声，门吱呀一声被推开，村长提着一盏油灯走了进来，昏黄的灯光让夜色显得更加幽暗。

我连忙躲进黑影，希望他不会看到我在这里。隔着门框，我可以看到卡车怪兽般的轮廓和士兵们的身影。那些士兵正纷纷跳下卡车，拥进村子。

村长走到爷爷跟前。"卜万。"他说，"士兵们来接我们了，任何人都不能留下。"

爷爷把烟斗从嘴边拿开:"你知道我不会走的。"

村长慢慢踱到床边:"你别无选择。为了修路筑坝,他们会烧掉我们的房子。"

爷爷小心地挪了挪伤腿:"你的父亲和我曾经并肩作战,为我们赢得了自由。现在为了一块土地和一个新家,你竟然要放弃自由。"

村长扭过头来看着他:"那是四十年前的事了,卜万。如今时代变了,世道变了,我们也得有所改变。"

在一团烟雾中,爷爷向前探了探身:"我看不是这样的。"

我用指甲紧紧抠住手中的那卷刺绣。我不应该在这里偷听爷爷顶撞村长。

村长靠着窗框,凝视着窗外的夜空。我看不到他的表情,但他的肩膀耷拉了下来。"我这么做,为的是子孙后代,卜万。"他说,"到时候,我们会有学校、医院和美好的家园,大坝能够发电,国家会变得更加富饶,我们也会富起来,孩子们就能过上更好的生活了。难道这不是你的希望吗?"

爷爷站起身,把头探出窗外,朝地上啐了一口。随着引擎的震动,空气也跟着震动起来,就连我们的木楼也不停抖动起来。这震动的声响充斥了整个夜空,仿佛有成千上万辆卡车正向我们开来。

爷爷摇了摇头。"这里曾经是世界上最富饶的地方,被称作'万象

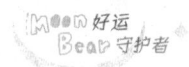

之国',象的数量有百万之多。"他扭头看了看村长,"但现在老挝已经没有那么多野象了。你说是吗?"

村长退到门口:"要是留在这里,你就死定了。"

爷爷四周缭绕的蓝色雾霭袅袅飘出窗外,仿佛森林早已宣布,爷爷只属于这里。

"那我就死在生我养我的地方好了。"爷爷说,"至少我死的时候是自由的。"

村长瞪了他一眼,然后一把推开门外台阶上的爸爸,悻悻离去。

爸爸看到我躲在阴影里:"阿丹,我们得走了,卡车在等着呢。"

爷爷站了起来。他把猎刀绑在腰间,拿起脚下的一小包行李。

我走到他的身旁:"我会留下来和您在一起。"

爷爷搂住我的肩膀:"森林可不是小孩子待的地方。"

我攥紧口袋里的弹弓:"我能照顾自己,也能照顾您。"

爷爷弯下腰:"阿丹,你的母亲和妹妹们比我更需要你。"

爸爸走过来,抓住我的胳膊。他和爷爷都低着头,面对面站立,几乎就要碰到彼此。在我的记忆中,这是我最后一次看到他们在一起。爷爷和爸爸都是养蜂人,他们正通过无声的语言进行交流,那是蜜蜂的秘密语言。

屋子外面十分炎热,空气就像被烤焦了一样。村子另一头儿,一股白色的浓烟从房顶蹿起。在蓝色的曙光中,烈焰滚滚,直达天际,不时还有火星飘过头顶。空气中弥漫着呛人的烟味,浓烟冲进我的肺部,刺痛了我的眼睛。在熊熊的火光中,士兵们一言不发,烧掉了我们曾经的家园。卡车正在火场外等候,爸爸一把拽住我的胳膊,拖着我离开了木楼。只见村长和一名士兵站在最后一辆卡车的后挡板旁。

士兵低头看了看写字板上的名单,然后抬起头说:"还少一个人。应该还有一个人。"

爸爸瞥了一眼村长,又看了看那名士兵:"没人了。"

但士兵念道:"王卜万。"

那是爷爷的名字。

村长清了清嗓子:"卜万已经不在了。"

我的胃猛地抽搐了一下。我目不转睛地盯着士兵手中的那摞纸,他用铅笔头在爷爷的名字上敲了敲,然后把铅笔在指间转来转去,好像是等它来做决定。我希望他能告诉大家,我们说的不是实情,但他只是在爷爷的名字上画了一条线,然后把写字板丢进了卡车,喝令我们赶紧上车。

我一只脚刚迈进后挡板,士兵就一把把我托了进去。我坐在地板上,紧挨着妈妈、苏丽、阿美和鸡笼。爸爸和村长也上了车,坐在我旁边。两名士兵坐在卡车最后,把枪放在两腿中间,然后猛地合上后挡板。车队在隆隆声中起程。随着我们的晃动,卡车开始加速,在小径上

颠簸前行。

我偷偷瞄了一眼村长。他坐在士兵身旁,显得十分矮小,与往日完全不同,他的身上都是黑色的烟灰。他呆呆地望着自己的双手,把脸埋进黑影里。

士兵们刚来到这里时,村长并不同意搬迁。但是第二次,陈将军带来了更多士兵和身穿西装的城里人。他们承诺,到时候我们会拥有新的家园、电厂、电视机、稻田和学校,会过上更好的日子。当士兵们第三次到达时,村长才答应搬迁。

爷爷说村长出卖了我们的自由。

爸爸说他别无选择。

我坐直身体,向士兵身后望去。我想要再看一眼我们的家园,但此刻它们已经不复存在,只剩下一片熊熊烈火。

妈妈拽了我一下:"别看了,阿丹。"

可我忍不住。

我必须要看。

我眼睁睁地看着整个村庄被烧毁,笼罩在一片烈焰和浓烟之中。

在脑海中,我仿佛看见,母熊带着幼崽逃离了森林。

在我的内心深处,好像有什么东西被扯开了。我知道,这一切都将一去不复返。

3
新生活

"欢迎。"陈将军说,"欢迎你们开始新生活。"

我、阿糯和其他村民坐在村边一片光秃秃的土地上。我们的新家坐落在湄公河谷地,四周是遥远的青山和奔涌的大河。我们离开山区已经七天了,陈将军是过来看望我们的。

就在刚刚,一架直升机从空中缓缓降落,陈将军和手下鱼贯而出。他们全都穿着军装,其中一人还带着一台大型摄像机。陈将军身材矮胖,制服腰部的布料绷得紧紧的。他戴着一副金丝眼镜,眼睛虽小,但眼神凌厉。

阿糯向我靠了过来:"就是他要修水坝,也是他让我们搬走的。"

我感到陈将军正盯着我们,所以捣了阿糯一下:"嘘!"

陈将军昂首阔步,一边在人群中走来走去,一边看着我们所有人,说:"希望你们能逐渐适应这个新家。我敢说,你们一定也觉得,这里比你们原来的住处更宽敞、更舒适。"

我向他身后望去，道路一侧有长长的两排房屋，看起来十分整洁。和老家的房子一样，这些房屋也是木质的，但它们建在水泥桩上。我们的房子很大，但村长家的房子更大，而且距离水泵最近。不过我知道，阿糯的妈妈并不喜欢那里。大水已经夺走了她一个孩子的性命，她可不想再有孩子因此丧生。

陈将军大手一挥，指了指村外起伏的丘陵。"那里是菜园和稻田。"他说，"你们可以种植足够多的大米，拿到集市上去卖。这里有你们需要的一切，能让你们过上更好的生活。"说完，他微微一笑。"你过来一下。"他示意村长过去，"大家不想听我说这话，还是更想听你说。"

村长走到将军身边，也面对我们站着。

陈将军指了指摄像师。"告诉老挝人民，你们在这里的生活如何。"他说。

阿糯凑到我身边："我们要上电视了！"

村长清了清嗓子："这里要好得多。"说着，他看了看陈将军，又看了看镜头。陈将军笑容可掬，指了指摄像机。

村长重新开始讲话。"这里的生活要好得多。"他对着摄像机说，"这里有干净的水源，我们可以种植大米，还可以到市场上卖菜。孩子们都能上学，我们也都有了医疗保险。这里的生活更好。"

当村长讲话时，陈将军始终面带笑容，不住地点头。村长说完后，镜头一转,对准了我们。我们挥了挥手,粲然一笑。苏丽开始手舞足蹈,我不得不使劲拽了拽她。陈将军宣布,他为所有人准备了礼物,每家人都能再得到两袋大米。他还说,他也为村长准备了礼物。接着,阿糯的哥哥走进直升机,去取村长的礼物。他弯着腰,抱出了一个看起来很沉的箱子。当村长拆下包装、打开箱子时,所有人都眼巴巴地看着。

前面的孩子们纷纷凑上前去,跪在地上,想要看个究竟。

阿糯转过身来,眉开眼笑地对我说:"快来看哪!"

我看见阿糯的哥哥抱出一台大型电视机。在此之前,当爸爸到伐木站卖蜂蜜和野味时,我透过酒吧的窗户看见过一次电视机。那台电视机很小,被固定在酒吧的墙上。而这台电视机很大。村长摸了摸屏幕,对陈将军表示感激。

陈将军挥动手臂,指了指我们坐着的那片空地。等摄像机对准他时,他说:"现在只差学校了,我们会在那里兴建一所,就在那儿。"

我感觉到妈妈抓紧了我的胳膊,于是抬头看了看她,只见她正颔首微笑。我顺势靠在了她身上。

或许爷爷说错了,或许这里的生活更好。我可以去上学,我们可以自己种地,不再需要被救济。要是谁生病了,还可以去看医生。虽然现在还没有电,但很快就会有的。到那个时候,我们晚上也能学习,妈妈也可以继续刺绣了,或许我们还能买一台电视机。

我们可以在这里生活。

这是我们的新家。

我们的新生活。

我真想让爷爷也到这儿来,和我们住在一起。

我真想让他知道,我们可以生活得更好。

4

湄公河

"哎哟!"我揉了揉被土坷垃砸中的肩膀。

"嘿,阿丹!看看你!你现在又胖又懒。"

我抬起头,咧嘴一笑。在正午的阳光下,阿糯站在我面前,用手里的弹弓对准了我。他松开弹弓,又一块土坷垃射中了我的脸颊。我一把抹掉脸上的灰土,站了起来。一定是因为天气太热,我才打起了瞌睡。人们在山间刀耕火种①,产生的烟霾就像一场灰蒙蒙的大雾,横亘在天地之间。自打搬到这里以后,我们就再也没有见过月亮和星星。这里比地处山区的老家更热,没有一丝凉风,就连夜晚也不例外。

阿糯在弹弓上放好一颗小石子儿:"胖到打不动了吧,阿丹?"

的确如此。迁入新居后,我开始渐渐发胖。我的肋骨不再像过去那样突出,大腿也比膝盖粗了许多。家家户户都领到了大米,陈将军

---

①刀耕火种是一种原始的耕种方法,即把地上的草木烧成灰做肥料,用刀就地挖坑播种。

答应会送来更多。这段时间我吃掉的米饭比过去一整年都多。但爸爸说,我们应该省着点儿,不能这么快就吃光粮食,因为我们要到很久以后才能开始种庄稼。

阿糯又打了我一弹弓,石子儿射到了我头上。我立即跳了起来。他夺路而逃,藏在新房与地基之间的水泥桩后。

"你可真慢。"他嘲笑我说。

我们俩开始在小路上你追我赶。公鸡母鸡四散惊逃,卷起漫天尘土和羽毛,狗吠声此起彼伏。孩子们有的为阿糯呐喊,有的为我助威,我们一溜烟穿过一栋栋外形呆板的新房。阿糯先是躲在一排晾晒的毛毯后,随后冲上了通向村外的大道,我紧追不舍,在尘土中一路飞奔。最后,我在村子边儿追上了阿糯,一把将他按倒在地。我们四仰八叉地跌倒在泥坑里,气喘吁吁地开怀大笑,汗水混合着泥浆在他脸上流淌。我抓起一把沙砾,想要塞进阿糯的上衣里,却被他一把推开。

"把手拿开!"他吼道。

我又朝他丢了一把土,并且恶狠狠地瞪着他。不能每次都由他来决定什么时候不玩了。但阿糯已经站了起来,目光掠过前方低矮的灌木丛,望着远处的公路。在漫天的尘雾中,两辆货车正驶向南方。

他转过身来,歪头看着我:"你去过湄公河吗,阿丹?"

"没有。"我不悦地答道。因为我俩都很清楚,村里只有几个大人到湄公河买过渔网。

"我也没有。"阿糯说。

在公路的尽头,灌木丛和田野的下方,就是河流之王——波澜壮阔的湄公河。

阿糯的脸上缓缓浮现一丝笑意。

这让我想起那天晚上,他怂恿我去偷月熊幼崽的事来。我抓起一把土,任它们从指间漏出。幼熊的画面始终在我脑海中挥之不去,但一想到森林里的动物们仍然自由自在,我又感到十分欣慰。我也经常想起爷爷。在我的想象中,他正在林子里采野蜂蜜,或者在河上张网捕鱼。我猜想,爷爷正在星空下安然入睡,而我们却再也看不到星星了。

阿糯捣了一下我的胳膊。"醒醒,阿丹!"他站起身,掸掉衣服上的尘土,"走吧,我们亲眼去看看湄公河。"

这个时候,我本来应该帮爸爸干活儿的,但我却溜走了。为了清理地里的石块,拔除茂密的杂草,我双手生疼,手指上都是水疱。我没有看到妈妈,她一定是和爸爸在一起。

"我得到地里帮忙去。"我说。

阿糯耸耸肩,自顾自地沿着小路走了,身后扬起一阵红色的尘土。我以为,他肯定会回头张望,看看我有没有跟上。但他并没有停下,而是径直往前走。我扭头朝村里望去,心想我们并没有离开多久,要是快去快回,根本不会有人注意到。我也想看看湄公河。我早就听

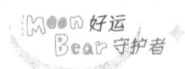

过许多关于湄公河的传说，比如那里有与大象一般大的鱼儿，还有住在河底的水龙。最重要的是，不能让阿糯比我先看到湄公河。

"等等！"我冲着他的背影喊道，"等等！"

阿糯并没有止步。我只好追了上去。

直到走到干道上，他才停了下来。这条新建的干道贯通南北，是一条笔直的柏油路。远远望去，除了金属的反光，路上空空如也。我走上柏油路，由于天气炎热，路面有些发黏，闻起来有一股沥青和橡胶混合的味道。我只好一蹦一跳地迈起大步，就像脚底着火了一样。阿糯跟在我身后，不时将双脚插进路旁的泥里，好让自己凉快一下。

远处，金属的反光越来越明显。在炙热的阳光下，这种反光闪闪烁烁，呈现出红、黑和银白三种色彩，而且越来越近。随着耳边传来发动机的轰鸣声，一辆摩托车出现在我们眼前，骑手趴在车身上，仿佛与摩托车融为了一体。在经过我们身旁时，他抬起前轮，呼啸而过，只留下一股旋风般的烟尘。我看了看阿糯，只见他目瞪口呆地站在那里，望着摩托车渐行渐远。

"你看见了吗？"他说，"你看见了吗？"

我揉了揉眼，转过头来："行了，你刚才不是说要去湄公河吗？"

湄公河比我想象的要大。它河面宽阔，水流平缓，河水是大地般的土黄色。与它相比，山里的小河就显得过于湍急，总是浪花四溅，泛着白沫。湄公河上交通繁忙,随处可见狭长的河船。这些船两头儿露天,中间是铁皮顶篷,可以搭载行人和货物,穿梭于湄公河两岸。在对岸,一些渔民站在齐腰深的浅滩里,正向河里撒网。一头水牛悄悄潜入河中,只露出鼻子和牛角在水面上。

我爬上岸边光滑的岩石。我猜它们是被雨季的洪水冲刷而成的。河水带来的垃圾被卡在岩石间。

我把小腿伸进河里,让凉爽的河水围着我打转。

阿糯也跳进河里,把头潜到水面下,然后猛地钻出来一甩,让水花在身后画出一道弧线。他洗掉脸上的灰尘,指着驶向下游的小艇说:"知道他们要去哪儿吗?"

我耸了耸肩:"你知道呀?"

阿糯笑了起来:"你可真是什么都不懂,阿丹。他们这是要到城里。"说这话时,他瞪大眼睛,然后缓缓说出"城里"这个词。

我弯下腰,用双手捧起水,洗了洗脸。河水的味道与山里的完全不同。

阿糯向前走了几步:"城里可以工作。"

我看了看他,他正凝望着下游。

"可是我们要在这里种地。"我说。

阿糯哼了一声。"城里有钱可赚,阿丹,听见了没有?钱!"他转身对我咧嘴一笑,"我们可以到城里去,你和我一起,我们到那儿去工

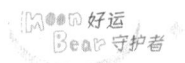

作,还可以互相照应。"

我直勾勾地看着他。他是认真的,还是在开玩笑?

"我们不能离开村子。"我说。

阿糯皱皱眉,脸上露出模棱两可的表情:"真的不能吗?"

我俩陷入了沉默,一起遥望着湄公河对岸。我刚才怎么没有注意到?河水一点儿也不平静,它的深处其实波涛汹涌。河底暗流涌动,河水流入漩涡后,又沉入河底,仿佛想要竭力藏起深处的秘密。

阿糯扭头看着我:"总有一天,阿丹,我要离开。谁也别想阻拦。我一定会走出村子,离开这里。"

"那你的家人怎么办?"

阿糯大笑:"我还会回来的。到时候,我会骑着一辆摩托车,就像我们今天看到的那样。不过那可是我的摩托车,是我自己用钱买的。爸爸一定会为我感到骄傲。到那时,他看重的就是我,而不是我哥了。兴许我还能当上村长呢。"

我看着他用脚踢了踢岩石间的杂草,然后转身离开了。阿糯是和我一起长大的。我俩一起在森林里用弹弓打猎,一起在湍急的河水里摸鱼,亲如手足。但现在再看他时,我觉得自己根本不了解他。也许他的思绪已经飘得太远了,找不到回家的路;也许它已经被留在湄公河里,卷入急流,直奔城里而去了。

5
砰!

自我们离开老家,差不多一个月过去了,人们渐渐接受了这个新家园。小鸡们在新的鸡舍里安顿了下来,我们再也不用因为担心小猪四处乱窜而把它们赶入畜栏;妈妈到公路旁用花布换回了灯油和新网,好在湄公河上打鱼;我还用弹弓射到了六只白肚皮田鼠,虽然我们不能再到森林里打野味,但妈妈觉得这样也不错。山里的生活成了遥远的记忆,变得越来越不真实,仿佛只是一场梦。

在火焰树茂密的树荫下,阿美和苏丽开始跟着新来的老师学习。我没有和她们一起,我得帮爸爸干活儿,比如清理杂草,搬走石块,挖掘沟渠,好在将来种植稻米。雨季就要来临,我们所剩的时间不多了。

我把铁镐和铁锹扛在肩上,朝地里出发。地面滚烫,我踮着脚走路,热得口干舌燥。这里的一切都显得干巴巴的,我猜,大地也一定在等待着甘霖的滋润,我仿佛已经看到雨点敲打着地面,渗入万千沟壑。用不了多久,雨季就会到来,我甚至能感到空气中已经充满了雨

水的气息,这里很快就会大雨如注。

我经过其他村民的身旁。为了抵御烈日,他们都戴着阔檐帽在田间劳作。我家的田地离房子很远,位于一座山丘的角落里。爸爸费尽力气,终于把地里的石块清理干净了,但只有等到下过雨、土壤变得松软以后,我们才能开始耕作。他说,我们可以在山上种果树,甚至还能养蜂,当然不是森林里的野蜂,而是养在木头蜂箱里的蜜蜂。爸爸了解蜜蜂,蜜蜂也了解爸爸。

我看见他正沿着田地的边界挖灌溉渠。等雨季来临后,我们就可以用山上积蓄的雨水浇地,陈将军还答应送给我们一台水泵,好在旱季使用。这就意味着,整整一年里,我们都可以栽种不同的作物。

爸爸直起身,一只手叉着腰:"我们还需要手推车,阿丹。我们得搬走这些石头。"

我把铁镐和铁锹放在他身旁的空地上:"我现在就去推。"

爸爸擦掉脸上的汗珠儿:"还有水,阿丹。回来的时候带点儿水喝。"

我沿着田地的边界飞奔,跑远了一些才停下脚步。我转身看了看爸爸,他正弯着腰,去拿地上的铁镐,看起来和周围的一切格格不入。在老家,爸爸是养蜂人,他在森林里显得十分高大。他会和蜜蜂交谈,蜜蜂也会告诉他一切。但是在这儿,他只是一个农民,一个普通人。

阳光照在铁镐上,反射出刺眼的光。

如果森林里的蜜蜂也在这里,它们也许会警告爸爸,它们也许会看到在泥土和杂草下埋了四十年的生锈的金属壳。

但这里没有蜜蜂。

我看着铁镐在空中缓缓画出一道弧线,又猛地砸进地里。

这一切没有任何征兆。

完全没有。

土地砰地被炸开,人也被掀到半空。

泥浆、尘土和石块四散飞溅。

等尘埃落定后——

我的父亲——

养蜂人——

已经气绝身亡。

6
一夜长大

"炸弹!"

一名拆弹队队员架起一幅海报,上面画着一条长长的金属管,里面装满了拳头大小的金属球。

"这是集束炸弹。"他说。

爸爸被炸死的次日,一辆厢式货车来到了村里。车里的人们都穿着防护服,带着金属探测器。其中一人是个老外,身材高大,金色头发,皮肤雪白,但面部和前臂被晒得发红。他的鼻子硕大无朋,好像一个熟透了的番茄。其他都是城里的人,他们用金属探测器对地面进行检查,在田地里来回走动,速度十分缓慢。仅在我家的地里,就发现了六枚炸弹,在村子中央还发现了两枚。他们告诉妈妈,我没被炸死已是万幸。但死的本来应该是我。要真是我就好了。我想知道,妈妈是不是也这样想。现在爸爸走了,由谁来完成田间的劳作?没有了一家之主,我们又该住在哪里?

"炸弹。"那个人再次说道。

村里所有人都挤在村长的木棚里，孩子们席地而坐，大人们围坐在四周。就连陈将军也来了，还带着两名身穿制服的手下。他们乘直升机抵达时，到处尘土飞扬。我发现，摄像师今天没来。阿糯告诉我，听说将军因这次爆炸事故十分不悦，要是山区里的其他村民得知此事，他们肯定不愿意离开山区了。

我坐在妈妈和妹妹们的身旁。天气本就炎热，屋里闷得要命。阿美把头拱进我怀里，自从爸爸死后，她就再没说过一句话。苏丽攥住我的胳膊，我能感觉到她指尖的紧张感。

拆弹员再次架起一幅海报，上面画的是飞机投掷炸弹的情景。"从1964年到1973年，共有三亿枚炸弹落在了老挝。每架飞机每次装弹需要八分钟，炸弹每时每刻在落下，而且日复一日。"讲到这些数字时，他放慢语速，然后停了下来，环顾四周。

屋里鸦雀无声。我看了一眼妈妈，但她只是盯着空地，失神而无助。

拆弹员用手敲了敲海报，继续说道："我国是有史以来遭受轰炸最严重的国家。"奇怪的是，他的语气中既充满了惊惧，又似乎有一丝自豪感。他向前探了探身，压低了声音："这是美国人的秘密战争。"

这么多炸弹怎么可能成为秘密？我知道，在那场战争中，爷爷当过童子军，但他从来没有提过此事，唯一的证明就是他腿上那道长长

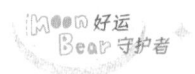

的伤疤。或许,这也是他生命中的秘密。

这个人扶起藏在杂草丛中的另一幅海报:"有些炸弹在落地时爆炸,但有些没有。数百万枚尚未引爆的炸弹仍然埋在我们的村子和田地里。"

我凝视着那幅画,感到一阵眩晕。这枚炸弹被埋了四十多年,最后把爸爸炸成了碎片。想到这里,拆弹员的声音变得模糊起来,仿佛来自遥远的地方。

我站起身,从妈妈身旁走过,挤出了人群:"我要透透气。"

我快步走出村子,不知道自己身在何方,只想跑哇跑。我突然产生了一个疯狂的念头,我可以返回山里,就像从前一样,在森林里和爷爷一起生活。天阴沉沉的,泛着蔚蓝色的微光,这预示着大雨即将到来。天上浓云密布,我甚至能闻到空气中雨水的味道。远处的群山笼罩在一片蓝色的薄雾之中,山顶上已经开始下雨。

"嘿,阿丹!"

我扭过头。

阿糯跑过来追上我:"你要去哪儿?"

我颓然地坐在地上,把手指插进土中。我没有地方可去。"不知道。"我说。

阿糯蹲在我身边,抓起一把土,任它们从指间漏出。我知道他在看着我。"快下雨了。"他说。

我点点头。

我家的田地里空无一人。有人填上了那被炸弹炸出的深深的弹坑,但灌溉渠只挖了一半,现在还不能种植稻米。

我看着阿糯:"我该怎么办?爸爸不在了,我该怎么办?"

阿糯又抓起一把土,让它们从指缝中漏出。在我们四周,硕大的雨点开始噼里啪啦地砸向地面,空气中弥漫着水汽。他伸出手掌,想要接住雨滴。

"我该怎么办?"我问。

他站起身,掸掉膝盖上的泥土:"走吧,我们回去吧。"

返回村里后,我俩都湿透了。乌云已经散开,大雨倾盆而至,拍打着铁皮屋顶和地面。雨水在屋檐下聚集起来,在土质松软的地方冲出沟渠,沿着车辙汩汩流淌,汇成一条条红色的小河。小鸡们纷纷离开土坑里的鸡棚,挤在地势较高且尚未被淋湿的地面上。它们把头埋进翅膀里,羽毛全都乱蓬蓬的。

我跟着阿糯来到他家。村民们已经离去,只有阿糯的家人、陈将军和拆弹员,妈妈也在那里。当我走进大门时,他们全都看着我。"番茄鼻"把手搭在我肩头,面带笑容地看着我。他说了些什么,我完全听不懂。

"他说他对你父亲的事感到难过。"一名拆弹员说,"但陈将军很乐意为你们家提供援助。"

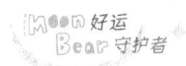

我瞥了一眼陈将军。他坐在一张矮凳上,呷了一口茶,眼睛一直盯着"番茄鼻"。

"阿丹。"村长走了过来。所有人都朝我望着。阿糯后退一步,好让他父亲过来。

村长清了清嗓子:"阿丹,现在你是一家之主。既然你的父亲已经不在了,你要好好帮助妈妈。"

"那是当然。"我说。

妈妈连看都没有看我一眼。

村长扫了一眼妈妈,然后看着我,说:"但你年纪还小,不能去种地。你还是个孩子。"

我望着妈妈、苏丽和阿美,要是我不能种地,她们该怎么办?

"我可以。"我说,"我愿意。我会辛勤劳作,耕种我们的稻田。"

村长把手放在我肩上:"陈将军在城里给你找到一份工作,报酬还不错,你可以往家里寄钱。只有这样,你妈妈才能维持生计。"

我扫了一眼陈将军。他面无表情地坐着,继续喝茶。

我压低了嗓音,希望雨声能盖过我的声音,好让陈将军听不见:"我会耕地,也会栽种稻米。我知道我能行。"

村长皱了皱眉,提高了嗓门儿:"阿丹,我知道你和我们一样感激陈将军。他希望为我们村提供援助,也希望帮助你和你的家人。是他大发善心,为你在城里的农场找了一份工作。"

我环顾四周。"番茄鼻"正对我颔首微笑；妈妈避开了我的眼神；阿糯目不转睛地盯着我，脸色阴沉得就像雨季的天空。他是嫉妒了吗？他想到城里去吗？就让他去好了，我根本不在乎。我可不能去,因为妈妈需要我。

我也需要她。

村长仍然望着我："有什么问题吗,阿丹？"

雨水更加猛烈地敲击着屋顶,这声音在我脑袋里嗡嗡作响。我的大脑一片空白,空空如也。我站在屋子当中,任凭雨水从湿淋淋的衣服上淌下,流到脚边。

"那就去拿你的东西。"他说,"陈将军今天就带你进城。"

我的双腿无比沉重,仿佛陷进了淤泥一般。我看见陈将军喝完茶,站起身准备离开。

我怎么能到城里的农场上工作？我只知道怎么在山里养鸡、养猪和打猎。

"陈将军。"我说。

他转过身,好像刚刚看见我一样,嘴角也耷拉了下来。

村长立刻神色紧张起来。我知道,我不该直接和陈将军说话。

大雨突然停了下来,就像方才开始时一样突然。

屋檐上的积水滴答落下。

雨水滴在灼热的土地上呲呲作响,冒出缕缕蒸汽。

"陈将军,"我接着说道,我的声音在一片寂静中显得格外响亮,"那是什么样的农场?"

陈将军迅速看了一眼村长和妈妈,但不愿和我对视。他掀开衣袖,望着手腕上的金表。"我们得走了。"他说。

说完,他转身离去。他的脚步声在屋里留下了空洞的回响。

我木然地盯着他的背影。

他为什么不肯回答?

此刻,我的脑海里只有一个问题——

城里怎么会有农场?

7
一罐蜂蜜

妈妈帮我收拾好了行李:衣服、弹弓和爸爸新买的人字拖鞋,不过拖鞋对我来说显然太大了。她还用油布包了一罐从森林里带来的蜂蜜,这是爷爷和爸爸在森林里采集的最后一罐蜂蜜。虽然我们离开森林没多久,但回想起来恍如隔世。然而现在,我又要搬家了。

没有时间向所有人道别。妈妈按习俗在我手腕上缠了一圈棉花,然后双手捧着我的脸。"记住你的身份。"她说,"注意安全,阿丹,一定要回来。"

我也摸了摸她的脸。尽管家中气氛阴郁,我还是想要留下,陪伴妈妈、苏丽和阿美。

外面,汽车引擎发出阵阵轰鸣。我听见村长在喊我的名字。

苏丽拽着我不肯撒手,但妈妈一把拉开了她。

我怎么能够离开?

阿美挣扎着想从妈妈怀里挣脱,好冲到我的面前,但妈妈紧紧抱

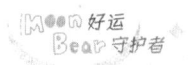

住了她。

"阿丹！"村长再次叫道。

我迈不开双腿，而是站在那里，凝视着抱成一团的妈妈、苏丽和阿美。"我得走了。"我说。

妈妈点点头。她眨眨眼，强忍着泪水，对我笑了笑："我会为你祈祷好运的。"

我深吸一口气，抓起行李，离开了家。

回头看去，妈妈正从门缝里张望，阿美攥着裙角，苏丽喊着我的名字。万一她们出了什么事，我该怎么办？谁会告诉我？我怎么才能知道？

"阿丹！"村长站在拆弹队的货车旁，"快过来！陈将军说，这些人会把你带到城里。"

我四下里看了看，发现陈将军的直升机已经不见了。他和身着军装的手下早已离开。村长扶着我跳进货车后厢，于是我与金属探测器、麻袋和铁锹挤在了一起。阿糯没来跟我道别。我看到，他正透过窗户向外张望，半张脸藏在阴影里。村长砰的一声关上车门，我顿时陷入黑暗之中。我感到货车猛地向前一倾，沿着小道缓缓行驶起来，不一会儿就来到了公路上。货车开始加速，我能听见呼呼的风声，还有车轮驶过水坑时水花四溅的声音。

货车里又闷又热。一丝光线从驾驶座后的铁丝格栅透进来，借此我可以看到拆弹员和"番茄鼻"的后脑勺儿。

有人从格栅的另一边问道:"你在后面还好吗?"

我在座位上挪了挪,想把溜到背后的铁锹推到一边。"还行。"我咕哝道。

我把行李抱在胸口,我能感觉到那罐蜂蜜就挨着我的心脏。我已经一天没吃饭了,胃开始隐隐作痛,于是我打开油布,摸了摸罐子。只尝一口,我告诉自己,其余的得留下来。我揭开盖子,用手指刮了一点儿蜂蜜,咂摸着那种经过烟熏略带苦涩的甜味。我闭上眼睛,仿佛尝到了森林、树叶、花朵,以及湿润泥土的滋味。我仿佛看见,月熊的幼崽正蜷缩在窝里;我仿佛看见,妈妈正在贩卖花布,阿美和苏丽正在瀑布下阳光明媚的池塘中嬉戏;我仿佛看见,爷爷正在地里呼唤蜜蜂,爸爸戴着阔檐帽,笑容可掬。我仿佛看到了过去的一切……

我把头埋进双膝之间。

幸亏四周一片漆黑。

我盖上盖子,并用力拧紧。

我告诫自己,再也不能打开罐子。

永远不能。

我再也不能去尝这罐蜂蜜——

连想也不能去想。

幸亏四周一片漆黑,因为只有在黑暗中,才没人能看见我哭泣。

8
神秘大门

门砰的一声被打开,阳光旋即洒进货车。我坐直身体,揉了揉僵硬的脖子。一路上,我一直低头靠在硬邦邦的箱子上。司机扶我下车,然后把行李丢在我身旁。

现在是下午接近黄昏的时候,我站在阳光下眨了眨眼睛。

我们走进一座院子,院子四周装有高高的铁栅栏,栅栏上安着带刺的铁丝网。院子的另一边停有两辆货车,就像我在山区看到的那种,其中一辆一侧着地,另一侧正在更换轮胎。临街的栅栏旁停着一排崭新的汽车,引擎盖上还标着价格。在阳光下,它们一个个就像甲虫一样,看起来分外耀眼。

栅栏外面,汽车、摩托车和嘟嘟车①在宽阔的道路上川流不息。空气中充满了飞扬的尘土和嘈杂的噪声。原来城里的生活就是这样的。

---

①嘟嘟车是由 tuk-tuk 音译而来,是东南亚国家较为普遍的一种公共交通工具,即非封闭式的三轮车,价钱比出租车便宜。

一名身穿蓝色工装的男子从院子那边朝我们走了过来。

"这是宋先生。"司机说,"他是宋氏汽车的老板。现在就由他来照看你了。"

宋先生站到我面前。他身材高大,甚至比村长还高。他双手沾满了黑色的油污,其中一只手里还攥着一个扳手。他上上下下打量了我几眼,最后目光落在我破旧的衬衫和一双赤脚上。宋先生扭头望着司机。"他看起来年纪太小了。"他说,"我们还以为他会大一些呢。"

司机耸耸肩:"是陈将军让我带他来这儿的。"

宋先生围着我转了一圈:"你多大了,孩子?"

我盯着地面,看见宋先生的工作靴在我面前停了下来。

"你叫什么名字?"他又问。

我望着自己的双脚,上面已经糊了一层厚厚的泥土。"阿丹。"我说,"我叫阿丹。"

"你有家人吗?"

我点点头。

宋先生转身看着司机:"我想你还是把他送回去吧。"

司机挠了挠头,靠近货车车窗。我看见他正跟"番茄鼻"交谈。后者就着瓶子喝了一大口水,然后抹了抹脸。我知道他们正看着我。虽然我很想回去,但我不能。我得赚钱养活妈妈。只有这样,她才能保住分给我们的房子。她只能依靠我。

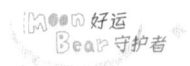

我从地上捡起行李,甩到肩膀上,想让自己显得自信一些。"我是来这儿工作的。"我说。

宋先生和司机交换了一下眼色。司机耸耸肩,说了些什么,但我听不到。我目视着他登上货车,发动引擎。当他们在一阵废气和尘土中驱车离开时,我看到"番茄鼻"冲我竖起大拇指,并且高兴地挥了挥手。

宋先生目送他们离去,然后转身看着我。"跟我来。"他嘟囔道。

我紧随其后,穿过院子,走进一座黑乎乎的车库,差点儿被一辆车底下伸出的双腿绊倒。

"这是我的大儿子,拉米。"宋先生一边大步向前,一边介绍说,"他也为我工作。"

我扭头扫了一眼,但只听到车底下传来金属相互碰撞的声音。

为了跟上宋先生,我不得不一溜儿小跑。在车库尽头,他掉转方向,穿过一处低矮的门廊,走进院子入口旁边的一栋房子。米饭和佐料的香味从敞开的窗户里飘了出来。宋先生踢掉靴子,走进房门。

他伸手指了指:"到那儿等着。我去叫我太太。"

在屋里,我看见角落里的炉台上放着几口大平底锅,锅里冒着热腾腾的蒸汽。一个和我年纪差不多的男孩坐在桌旁,桌上散乱地摆放着一些书。他一边在手上转着铅笔,一边盯着我看。

"阿纪。"宋先生喊道,"我们有房客了。"

一个身材矮小的妇女从对面的屋里出来,在围裙上擦了擦手,上下打量着我:"他看起来太小了。"

宋先生往胳膊上打了肥皂,又在水槽里洗了洗手。"他是从山里来的。"他说。

坐在桌旁的男孩放下铅笔。"他臭烘烘的。"他说。

"够了,阿康。"宋太太喝道。她走到我跟前,皱了皱鼻子:"你饿不饿?"

我点点头。

她往桌上摆了一个碗和一把勺子,说:"先吃吧,吃完我带你去房间,然后冲个澡。"

当宋太太向碗里盛汤面时,阿康目不转睛地看着。

我饿坏了,很快就把碗里的汤面一扫而光。接着,宋太太又盛了一碗,我又吃完了。

宋太太皱了皱眉头,看着丈夫说:"他要总是吃这么多,我们可得多收点儿钱。"

我放下碗,把勺子摆回桌面。"我给不了你们钱。"我说。

宋先生看了看我:"医生为你付的房租。"

"医生?"我问,"他是谁呀?"

宋先生和太太交换了一下眼神。

宋先生抿了一口水,清了清嗓子:"医生是这座农场的主人,你要

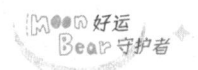

为他工作。他会为你支付房租,然后把剩下的工钱寄给你家人。"

我在桌底下紧张地绞着双手:"医生的农场在哪儿?离这里有多远?"

阿康扑哧一声笑了:"你竟然不知道?"

宋太太用勺子敲了敲饭桌:"阿康,把饭吃完。你该睡觉了,明天还得上学呢。"

宋太太把我带到屋外,来到车库旁边一座用瓦楞钢板和砖块搭建的简易房,然后推开房门。"这是你的房间。"她说。小屋里黑漆漆的,但闻起来很干净清爽。对面墙上有一扇窗子,窗户里透进来一道光线。她拉了一下灯绳,天花板上的电灯泡亮了起来。屋子里只有一张床垫、一个小衣柜和角落里的一张桌子,除此之外别无他物。她塞给我一条毛巾:"你可以到工人们用的洗漱间洗漱。"

我站在那里,手里攥着毛巾。

宋太太双手叉腰:"还有什么事吗?"

"医生在哪儿?"

宋太太转身要走。"医生明天早上来找你。"她说。这时,她的表情柔和了许多。她拉着我的胳膊叮嘱道:"一定要做好准备呀。"

我关上门,听着她的脚步声渐渐远去。房间虽小,但我至少暂时有了个落脚的地方。我可以在这里吃饭、睡觉,为医生工作,然后让他把我的工钱寄回家。我拽了拽灯绳,关、开、关、开。一只飞蛾正围着灯泡打转。我想象着,我家在村里的房子也能像城里一样通上电。我又拉了一下灯绳,房间立即陷入了黑暗。

外面的天空变得越来越暗。从窗子向外望去,街上的灯光就像一片橘黄色的雾霭。我聆听着城市夜晚的声音——汽车喇叭声、汽笛声,路上嘟嘟车和摩托车的嗡嗡声,车里传出的音乐、叫喊和笑声,交织在一起。

我把桌子推到窗下,然后站到上面朝外望去。我看见宋先生正和一名货车司机在院子里交谈。照明灯把院子照得通亮。透过马路上的扬尘,我看到对面有一座又长又矮的水泥建筑。这座建筑没有窗户,屋顶是平的,但铁质屋顶下有几道狭窄的缝隙。房子旁边矗立着高大的铁门,门紧紧地关着,还用挂锁和粗铁链锁了起来。在昏暗的夜色中,我努力睁大眼睛,想要看清大门上的图片。图上画的好像是熊——一头月熊,但这幅图出现在那里,令我感到十分奇怪。就在这时,房间里掠过一道耀眼的白光。

我不禁打了个寒战。

在这座建筑后面,一幢幢楼房鳞次栉比,连绵不绝。举目四望,我看不到任何植物,哪怕是一片低矮的灌木丛。

"阿丹!"

电灯突然被人打开。我连忙转过身,看见阿康拿着一套干净的T恤和短裤走了进来。

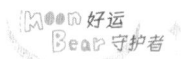

"妈妈说让你穿上这些。"他把衣物放在床垫上,也跳到桌子上,"你在看什么?"

我指了指对面的水泥建筑:"那是干什么的?"

"难道没人告诉你吗?"阿康盯着马路对面说,"那是医生的农场。"

我感到口干舌燥。"什么样的农场?"我问。

阿康没有立即回答。

"阿丹。"他说,"你真的见过熊吗?"

9
欢迎来到养熊场

我在一阵巨大的砰砰声中惊醒。我竭力克服睡意,这才想起来自己身在何处。街上传来各种噪声,夹杂着路上车辆的鸣笛声。微弱的曙光穿过窗户,现在已经是早上了。

巨大的声响仍在继续。砰,砰,砰!

我腾地坐起来,扭头向后望去。砰砰声来自我的房间,有人正站在门口用拳头敲打门框。他身材瘦小,穿着窄版牛仔裤和白色紧身T恤,油光锃亮的头发上还顶着一副太阳镜。他一边抖动右腿,一边嚼着口香糖:"哎哟,山里人,头一天上班你就迟到了。"

我盯着他看了看。

他扔过来一双橡胶靴。靴子在地上弹了起来,落到了床边。我看到靴底已经磨损,其中一只的后跟还裂了一条缝。"你干活儿用得上它们。费用我会从你第一个星期的工钱里扣除。"说完,他吐掉了口香糖,"要是你再不动弹,我还会扣掉你今天的工钱。"

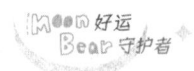

我慌忙站起身,原来这就是医生。我想起了妈妈,她需要我赚钱养家,我怎么能第一天就睡过头?我立即穿好上衣和短裤,套上橡胶靴。靴子太大了,我的脚在里面滑来滑去。也许这是上一个工人的,不知道他出了什么事。

我把床上的毛毯扯平,转身看着医生,说:"我准备好了。"

医生扑哧一笑,露出了靠后的一颗金牙。"真的吗?"他向前探了探身,"面对野熊,没有人敢说自己准备好了。"

我关上房门,跟着医生来到街上。太阳刚刚露出屋顶,宛如一个淡黄色的圆球,外面笼罩着蒙蒙的烟尘。整个城市已经苏醒,马路上到处都是嘟嘟车和汽车。一队和尚正沿着人行道前行,在清晨淡黄色的阳光下,他们橘红色的僧袍显得格外鲜艳。我看着他们从面前走过,其中几个男孩年纪比我还小。妇女们在向他们施舍大米,他们也施礼道谢。我看见阿康的妈妈也在当中,她正把糯米倒进和尚们的饭钵里。我饿得一阵阵胃疼。我猜大概要等到傍晚才能吃上饭。

"嘿,山里人,过来。"

我转身走上马路。一辆卡车突然鸣笛。医生一把拽住我的胳膊,把我拖了回来。卡车的后视镜从我肩头掠过。

医生狠狠瞪了我一眼:"当心,山里人。你可别死在路上。"他抓住我的胳膊肘儿,半推半拉地把我带过马路,然后推开"农场"那高高的红色大门,说:"要是想找死,还是死在野熊手上好了。"

在高大的铁门后是一座空荡荡的院子,四周建有围墙。院子的角落里堆着一袋袋垃圾,垃圾下面是一摊脏水。一辆自行车靠墙而立,一辆摩托车停在唯一一块干净的水泥地上。在一栋低矮的水泥建筑旁有一间小小的办公室,通向房内的金属滑门紧紧地关着。这里异常寂静,死一般的寂静。

透过办公室的窗户,我看到一个男人躺在一把椅子上。他头向后仰,张着嘴巴,肚子上还放着一个啤酒瓶,大半个身体都藏在缭绕的烟雾中。

"这边。"医生说。他一脚踢开房门,那个男人立即从座位上跳了起来。啤酒瓶掉到地上来回滚动,把啤酒洒了一地。那人连忙从桌上拿起几份文件,想把它们放整齐。

"阿桑!"医生捡起酒瓶,砰地放到桌上,"我又给你找来一个帮手。"

阿桑抹抹嘴,看了看医生,又看了看我。他大腹便便,肚子那儿的纽扣都被绷掉了,手里的香烟飘出袅袅的烟雾。

医生推了我一把:"山里人,这是阿桑。你得听他的,而他得听我的。明白了吗?"

我点点头。

医生拿起一份文件,迅速扫了几眼。阿桑站在旁边,满脸是汗。办

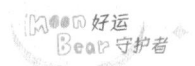

公室里又闷又热,天花板上虽然挂着一顶吊扇,但早已坏掉了。屋子的角落里有一个档案柜,柜里堆满了文件。桌子上面横七竖八地扔着几支钢笔和一些烟蒂。阿桑头顶的架子上摆放着一排小玻璃瓶,有些瓶子是空的,有些瓶子里面装着深褐色的泥浆似的东西。我还看见一些透明的塑料封口袋,里面装着药片和粉末,袋子外面贴有标签,但我不认识上面的字。每一个标签上都有一幅黑熊的图片,它们全都用后腿站立,胸口上有一道新月形的斑纹。

"来吧。"医生说,"我们的山里人该干些活儿了。"

医生脱掉运动鞋,套上橡胶靴。出门前,他从门后抄起一根铁棍。直到这时我才注意到,他的手很干净,皮肤也很光滑,完全不像农民的手。

阿桑跟在后面,穿着橡胶靴在泥泞中行走。我们来到那座低矮的水泥建筑前,阿桑用力拉开滑门,那铁门碰在水泥上,发出嘎吱嘎吱的声音。我仿佛听到有什么响动,但里面太暗了,什么都看不清,只有墙上的换气窗透进来一丝光线,穿过窗上的铁栅,在我们头顶的天花板上投射出一道道光影。

屋里传出阵阵恶臭,我只好用手掩住口鼻。

医生转身看着我。"熊就是这么臭。"他说,"你慢慢就习惯了。"

空气中充满了污泥和死尸的味道,和我过去在熊窝里闻到的干净清爽的泥土味完全不同。

整个房屋寂然无声,仿佛里面有什么可怕的东西在等着我们。

医生走了进去,站在大门旁边,伸手打开上方的开关。房屋深处,一道白光突然闪现,我们眼前顿时明亮起来。在屋子中央,三盏彩灯也在头顶亮了起来。

医生朝里面大手一挥。"欢迎来到养熊场。"他看着我说,"现在让我来给你介绍一下我的野熊。"

10
困在笼中

我不知道接下来会发生什么。我原本以为,自己会看见野熊在屋子里乱跑。但是,在霓虹灯的亮光下,我看见地上有一道长长的排水沟,水沟两旁摆放着八只铁笼。铁笼被架在金属桩上,金属桩被固定在水泥地面上。在笼子与地面之间,堆满了干掉了的熊粪,一些褐色的液体正流入排水沟。

医生双手叉腰。"这些都是我的熊。"他说,"来吧,山里人,过来看看。"

我一动不动,只是瞪大了眼睛。乍一看,它们根本不像熊。它们那硕大的黑色身躯被关在狭小的笼子里:有的躺着,把爪子垂到笼外;有的卧着,来回摇晃着身体。我能看见它们胸口新月形的白色斑纹。它们都是月熊。

"来吧,山里人。"医生拽了拽我的胳膊,"别跟我说你害怕了。"

我跟在他后面,来到一排笼子前。他边走,边在笼子前面拖动铁棍,满屋都是刺耳的声响。所有的熊都变得坐卧不安。它们呜咽着,一边发出凄切的哀鸣,一边往后躲,紧紧靠着栏杆。它们的体形之大,离我之近,看起来真实并有些恐怖。我从未见过有人这样把熊关起来。医生为什么要这样做?

我跟着医生来到房间尽头的一个铁笼边。那里面关着一头巨大的月熊,它的体形要比其他几头大得多。与其他月熊不同的是,它看到医生靠近时,并没有退缩,而是面对医生,把头贴在栏杆上。医生拿起手中的铁棍,猛地敲击铁笼。这头熊勃然大怒,咆哮着挥舞起前爪。

我被吓得连退几步。

医生大笑起来:"这是'咬人魔',是我的第一头熊。"说着,他举起左手。我这才看见,医生的左手少了两根手指。医生把手伸进T恤,从脖子上拽出一个东西。那是一排熊牙,被穿在了一根皮绳上。医生向前靠了靠。"它咬掉我的手指,所以我敲掉了它的牙齿。"他用铁棍猛地敲向咬人魔的腹部,"我们达成了共识,对不对,狗熊?"

咬人魔突然扑了过来,咬住笼子上的栏杆。我看到它下颌的牙齿已经残缺不全。它把熊掌伸出栏杆,在空中挥舞着长长的熊爪。我连忙退到另一个笼子跟前。这个笼子里的黑熊正一边呻吟着,一边紧贴着最里面的栏杆。

"那是'熊妈妈'。"医生用铁棍敲了敲笼子说,"我们逮住它时,它还怀着崽子。那个就是它的熊崽。"

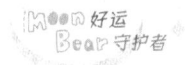

熊妈妈耷拉着耳朵,发出一声呜咽。它翻了翻眼睛,露出眼白,嘴张开着,在闷热的空气中艰难喘息。它的孩子就在旁边,看起来已经长大了。这头小熊把脑袋晃来晃去,每晃一次,就会碰到铁笼。

"这些蠢熊整天都这样晃。"医生说,"只有在进食时才会停下。"

医生用橡胶靴刮了刮水泥地上干掉的熊粪,然后皱了皱鼻子。他从阿桑手中拿过钢丝扫把,塞进我手里:"你的任务就是清扫地面。你得干得比上一个工人更好。"

我看着医生一边离开,一边用铁棍敲打着铁笼。在走到滑门前时,他停下了脚步,转过身来。"阿桑!"他喊道,"我明天回来。到时候我们让山里人看看怎样给熊挤奶。"

我听见院子里摩托车发动的声音,看到医生骑车出了红色的大门。黑熊似乎松了一口气,在笼子里拖着沉重的步伐走来走去。

"这边。"阿桑说。这是我头一次听到他开口说话。他指着地上的扫把和一圈软管,说:"干完了再来找我。"

我望着他走进办公室。虽然天气炎热,阿桑还是关上了门。很快,香烟的烟雾就弥漫开来,挡住了我的视线。

我盯着面前的两排黑熊。我真的能在这里工作吗?要是它们逃跑怎么办?咬人魔看起来随时都会把我撕成两半。我还是先从笼子四周开始打扫好了,我可不想被熊爪伤到。我用水管冲洗了地面,然后开始铲除水泥地上的污物。笼子下面的粪便已经干掉了,变得硬邦邦的,我只好用水将它泡软。我感到胳膊生疼,大汗淋漓。但我想起了妈妈。我必须让医生满意。我想让他知道,我能胜任这份工作。我要确保妈妈能够收到我赚的钱。

随着室外温度不断升高,室内也变得越来越热。我能感觉到阳光正炙烤着铁皮屋顶。我就着水管喝了几口水,然后用水冲了冲自己。笼子里没有水槽,于是我攥着软管的一端,开始对着这几头熊喷水。它们似乎很喜欢这样。凉水浸透了厚厚的皮毛,顺着它们的身体向地面流淌,它们蜷缩在狭小的笼子里,舔着爪子上和皮毛上滴下来的水珠。

这时我才注意到,其中几头熊的前爪不见了。我想起了阿糯和我在森林里捕猎时设下的陷阱。有一次,我们抓住一头麂鹿,它一条腿绊到了铁丝上,当我们发现它时,它的腿已经发黑了。我在想,这些熊是不是也掉进了陷阱里。

我没有靠近咬人魔。我朝它也喷了一些水,但它立即将水抖落,眼睛始终直勾勾地看着我。我只好蹲到地上,一面清扫它笼子下面的粪便,一面警惕地保持着距离,以免它把爪子伸到下面。

一整天,我都在辛勤工作。直到听见身后传来阿桑的脚步声,我才停下来。他环顾四周,用脚搓了搓地面,但看不到任何污物,黑熊湿淋淋的身上和地板上还冒着缕缕蒸汽。

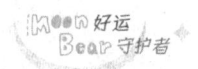

"好了。"他说,"今天就干到这儿吧。"他关掉电灯,屋子里顿时又陷入了黑暗。

我把扫帚和刮刀靠墙放回原位:"我们不用喂它们吗?"

阿桑把烟头丢在地上,然后用鞋后跟踩灭:"今天不用。在挤奶的前一天,最好不要喂它们。"

阿桑拉开养熊场的滑门:"快走,快走。"说着,他关上门,推走靠在墙上的自行车,把我带了出去。接着,他锁上了我们身后的红色铁门。我看着他沿着马路骑车远去,渐渐消失在车流中。

太阳已经从东到西在天空画了一道弧线,即将隐没在房檐下。天气仍然很热。由于城里布满了烟尘,空气中的热量很难散去。现在我只想吃上一顿饱饭,然后到自己的房间里歇歇脚。

在马路对面,我看见阿康和两个与他年纪相仿的男孩在一起。他们正靠在宋先生家院子的铁栅栏上看着我。我走上马路,但车流并没有停止,而是继续前进,其中大部分汽车都是出城的。我瞅准机会,一个箭步冲进了车流。一辆摩托车一个急转才避开了我。阿康摇摇头,另外两个男孩拍了拍他的后背,然后笑了起来。只见那两个男孩伸出手,阿康把硬币放进他们的掌心。经过他们时,我低下了头。

"嘿,阿丹!"

我转过身。

阿康一溜儿小跑,追上了我:"今天过得怎么样?"

"还好。"我答道。

"你看见熊了吗?"

我没有停步,而是径直向自己的房间走去。"看见了。"我说。

"它们长什么样?"

"很大。"我说。我想要伸手打开门,但阿康挡在了我面前。

他扭头看了看自己家,然后压低声音说:"你知道不知道,上一个工人是被熊杀死的?"

我瞪大了眼睛看着他。

"他被熊咬死了。"他接着说,"所以你才会得到这份工作。"

我拧下门把手:"除了这个,我还能干什么?"

我把阿康留在门口,径自走进了房间。桌子上摆着一碗加了鱼肉的米饭和一盘水果。我的衣服被洗过,已经晾干了。门口的钉子上还挂着一条干净的毛巾。

我拿起毛巾,想要洗去身上的汗味和野熊的气味。

阿康在门口看着我。"有一次,我看见过熊。"他说,"有几个伐木工人曾经用货车运来一头熊。他们捆住了它的四肢,但它还是设法挣开了。那头熊可真够吓人的。幸亏院门关着,我们一直待在家里没敢出去。医生好不容易才用麻醉剂把它放倒。妈妈说,她再也不想看见有熊在院子里跑。她还说,知道它们离家这么近,就已经够糟了。"

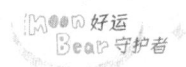

"它们都被关起来了。"我说。

阿康靠了过来。"那你倒是告诉我,"他说,"上次那头熊是怎么跑出来的?"

这时,我听见阿康的妈妈在院子那头叫他。

"你妈妈叫你呢。"我说。

阿康把手伸进口袋:"你想不想从我这儿买一把手电筒?到了晚上,也许你会用得到。"

我低头看了看阿康手里的三把手电筒。

"全新的。"阿康说,"里面的电池也是新的。"

"可我没钱。"我说。

"没事,你可以先拿着,以后再还。"

我摇摇头:"我赚的钱要寄给妈妈。"

阿康的妈妈又叫了一声。

他耸了耸肩:"那好吧。这可是你的损失。"

我看着他返回屋里,与家人围坐在桌前。

我走到淋浴下面,把水开到最大,任凭水流从我身上淌过,打湿我的头发。也许我应当推开门,一走了之。我可以徒步穿过城市,找到回家的路。但这个想法显然不可能实现,就像那些黑熊一样,我也被困在了这里。我伸手摸了摸浴室的墙。也许我的感受和它们的一样,我们都背井离乡,被关进笼子,也许它们和我一样感到害怕。

我想知道明天会发生什么。记得医生说过,我们要给熊挤奶。过去住在山里时,我曾经为村长家的水牛挤过奶。为了给一头没有妈妈的小牛犊喂奶,我挤了整整一罐子牛奶。但是,水牛性情温和。

我不禁有些好奇,怎样才能给熊挤奶?

11
熊胆汁

"UCDA……熊……去……氧……胆……酸。"医生把一个小玻璃瓶举到灯光下,晃动着里面深绿色的液体。这种液体十分浓稠,挂在瓶壁上。"这就是我们从熊身上挤的'奶'——液体黄金。"他咧嘴一笑,露出了那颗金牙,"来看看熊胆汁。"

我把扫帚靠在墙上,擦掉额头的汗珠儿。我今天早早就起床了,等着天一放亮,阿桑来打开红色的大门。在医生到之前,我已经清除了笼子下面的污物,还打扫了院子。

我扫了一眼他手中的小瓶:"熊胆汁?"

医生用手指戳了戳我的胃,肋骨正下方的位置,说:"胆汁取自这里,也就是胆囊。你知道我在说什么吗,山里人?"

我退后一步,点了点头。人们宰猪时,我见过猪的苦胆。在肝脏旁边,有一个圆圆的器官,形状就像一个小口袋,里面充满了绿色的液体。但我想象不出,如何从熊身上提取胆汁。

"阿桑!"医生喊道,"我们该给第一头熊挤'奶'了。"

我看见阿桑把一辆大型手推车推进了屋里,黑熊们顿时变得焦躁起来。它们纷纷在笼子里转过身,紧贴着后面的栏杆。我甚至可以看清它们的眼白。有几头熊开始呼哧呼哧地喘气,从胸腔深处发出阵阵呜咽。我感到心脏在胸口怦怦直跳。我能够感受到它们的恐惧。

医生用铁棍猛地敲了敲笼子:"我们就从这头开始吧。"里面的黑熊顿时尖叫起来,耳朵紧贴在脑袋上。它向后咧了咧嘴,露出一排残缺不全的牙齿。阿桑抄起铁杆,用上面的绳索套住了黑熊。与此同时,医生从药瓶里抽出一管清澈的液体,将它注入黑熊的腹部。

"好了。"医生说,"现在我们得等它睡着。"

我望着那头熊。一开始,它狠狠地瞪着我们。但过了一会儿,它的脑袋就耷拉了下来。它直愣愣地看着地面,不住地淌口水。接着,它开始左右摇晃,前腿颤抖不已。

医生点了一根烟,深吸一口,让烟充满肺部,然后把浅灰色的烟雾喷向空中:"关于养熊你都知道些什么,孩子?"

我看着那头熊把头垂向前爪。

医生向前探了探身,几乎要贴到我的脸上,我甚至能闻到他嘴里的烟味。"他什么都不懂,对不对,阿桑?也许他在山里什么都没学会。"医生说。

熊的后腿开始发软。

医生围着笼子转了一圈。"在北方,有的养熊场有两千头熊。想想看,山里人。"他又喷了一口香烟,"总有一天,我也会有两千头熊的。在越南时,我曾在农场里养了四十头熊,但后来农场被关掉了,他们不愿再提取熊胆汁。不过在这里就简单多了。"他用手做了一个数钞票的动作:"这里更好通融。"

黑熊后腿站立不稳,最后瘫倒在了笼子里,脖子歪向角落。阿桑用铁杆末端戳了戳它,发现它一动不动,于是打开笼门,把熊拖到了手推车上。

阿桑推动手推车,我跟着他和医生来到办公室旁边的一间小屋。此前,我一直没有发现这间小屋。这间屋子没有窗户,角落里有一个小小的水槽。阿桑把一张桌子推到墙边,桌上有一台仪器,看起来就像一台小型电视机。桌上杂乱地摆放着长颈瓶、玻璃瓶和试管,桌面到处都是绿色的污渍,已经和灰尘一起结成了硬痂。阿桑把手推车推到桌旁,让熊面朝上躺着,然后把它的四条腿绑在了小车的四角上。

医生打开屏幕,上面出现了模糊的黑白图像。"这是一台超声仪。"他说。"这是探头。"他又举起一个圆形的塑料疙瘩,一条长长的导线把它和仪器连在一起,"它能让我看见熊的体内。"

当医生把某种透明的凝胶抹在探头上时,我目不转睛地盯着屏幕。他开始在熊的腹部移动探头,屏幕上立即出现了黑白图像。

"这是肝。"医生指着屏幕上一团模糊的白色区域说。接着,他又指了指中间一个黑色的圆圈:"这就是胆囊。"

阿桑递给他一根长长的探针。我看着医生用针刺穿了黑熊的皮肤。

黑熊抽搐了一下,发出一声呜咽。我看到它舔了舔嘴唇。我不禁在想,虽然它不能动弹,但却能够感受到这一切。医生插入探针,我看到屏幕上显示一条白线刺入了胆囊。医生沿着探针插入一条细金属丝,然后拔出来,咂了咂金属丝的末端。他满意地点点头:"熊胆汁。"

阿桑把一根长长的透明试管接在探针下,另一端连到电泵上,只见浑浊的液体缓缓滴入导管,流进桌上的玻璃瓶内。

医生半躺在椅子上。"在北方,他们不使用超声仪,"他说,"而是在腹部打孔,让胆汁滴下来。但我使用超声仪,因为我是一名真正的医生。"他看看我,又看看阿桑:"要想当医生,你必须非常聪明。我说得对吗,阿桑?"

阿桑不安地点了点头。

医生晃了晃瓶子,仿佛想要更多胆汁流入瓶中。"对于熊胆汁,我无所不知。这种东西对身体有益,据说能够包治百病,比如嗓子疼、头疼、癌症,甚至能让人死而复生。"说到这里,他大笑起来,然后看着对面的阿桑,"还有人以为,这种东西能够帮他们找到媳妇。"

阿桑拽了拽衬衣,想要遮住肥胖的腹部。

当不再有胆汁流出时,医生从熊身上拔出探针,把胆汁分别倒入

了几个小瓶。他用水冲了冲瓶底的胆汁,然后举起来一饮而尽。接着,他做出一副苦相,把瓶子砰地放到桌上。

"有趣的是,"他嘴角掠过一丝得意的冷笑,"其实根本不用从这些熊身上提取胆汁,熊去氧胆酸可以在实验室里合成。但我可不会告诉顾客这些。更何况,他们也不想知道真相。他们认为,如果胆汁来自一头活熊,它的功效可能更强。"

当天,医生从四头熊身上提取了胆汁。提取完毕后,阿桑给所有熊喂了米饭和水。当我把金属托盘塞进笼子里时,它们立即拱了上来,狼吞虎咽地吃着,好像几个星期都没进食了似的。

只有熊妈妈不吃东西。它弓身靠着铁笼的栏杆,眼窝深陷,目光呆滞,每喘一口气都会呜咽一声。它的皮毛乱蓬蓬的,在身上结成一团一团的硬块。它盯着我的一举一动。我走上前去,蹲在它身旁。我的脸距离它很近,我们之间只隔着一道栏杆。它虽然是一头野兽,但是当它用乌黑的眼睛望着我时,我觉得它仿佛能够看到我的心灵深处。我感觉它好像也希望我看到它的内心、它的痛苦,还有守护它的森林和群山。它把熊掌朝着我手的方向伸出笼外。我看见它的爪子是展开的。我伸出手,摸了摸它坚硬皲裂的掌心,用手指抚弄着它爪垫之间柔软的皮毛。它用巨大的熊掌轻轻地握住我细小的手指。

我不敢直视它。

我闭上眼睛,扭过了头。

"山里人!"

医生瞪着我:"这里不是宠物乐园!我付钱给你,可不是让你来跟熊玩的。"

"对不起。"我说,"可是这头熊生病了。"

医生打量了一下熊妈妈,然后朝地上啐了一口:"它就是懒。我最不喜欢懒惰的工人。明天你过来,我会教你怎样晾干胆汁,好做成药片和药粉。"

我望着医生骑上摩托车离开院子。阿桑带我出来,然后锁上了大门。他转身把钥匙递给我:"明天你来开门。在我上班前,你得把熊舍打扫干净。"

我接过钥匙,将它挂在脖子上。阿桑一抬腿,骑上自行车,渐渐汇入了车流。在马路对面,我看见阿康又和他的朋友在一起。他们站在那儿,手插口袋靠在铁栅栏上。他们假装在交谈,但实际上,他们正密切注视着我的一举一动。

我并不关心他们怎么看我,只是视若无睹地绕过停在路旁的汽车,走上马路。这时,我满脑子都是熊妈妈的身影。

我没有注意到朝我驶来的摩托车。它猛地撞到我的那一瞬间,时间仿佛变慢了。透过摩托车头盔,我能看见骑车人一脸惊恐。他正竭力控制着摩托车,但我还是飞了出去,一连擦过几辆汽车的引擎盖,天旋地转间,那黑色的柏油路面仿佛径直向我砸来。

12
城市生活

"阿丹!阿丹!你能听到吗?"

我睁开眼,只看见头顶那盏电灯。我感到下面好像有东西在使劲挤压我的后背和双腿。我浑身疼得厉害,于是攥紧拳头,缓缓地吸了一口气,可就连呼吸也令人疼痛难忍。

阿康的妈妈端详着我:"阿丹,你还好吗?"

我点点头,想要坐起身,但她把手放在我胸口上,不让我起来。"别动。"她说,然后转过身,"阿康,你陪着他。我去舀点儿水,给他清洗一下伤口。"

我扭头看了看阿康。他正瞪大眼睛盯着我:"妈妈说你能活着真是万幸。"

我慢慢动了动胳膊和腿,觉得应该没有骨折。

阿康瞥了一眼门口,然后探过身来,小声地说:"这算我欠你的!"

我努力坐了起来,头疼得很厉害。我看见自己的膝盖被划出了几个口子，里面还嵌进了许多沙砾。但除此之外，我好像没有大碍。"你这话是什么意思？"我问。

阿康举起一把钞票："我和朋友们打赌，不出这个星期你一定会被车撞倒。"

我用手摸了摸脑袋，发现前额肿了一大块。

阿康拍了拍我的肩膀，我疼得龇牙咧嘴。"别难过。"他说着把手伸进口袋，拿出了一把红色的小手电筒，"拿着吧，就当是我的补偿。"

我接过手电筒，拨弄着上面的开关。"谢谢你。"我说。但我并不确定自己为什么要向他道谢。

阿康的妈妈走进房间，狐疑地扫了一眼手电筒。

"这是我送给他的礼物。"阿康说，"希望他早日康复。"

阿康的妈妈眯起眼睛，看了看他。"马上吃晚饭了，先去洗洗手。"她说。

当她为我清洗伤口时，我一动不动地坐着。她还喂我喝了她自制的香茶，茶的味道很甜。做完这些后，她在水盆里投了投毛巾："你能下地走路吗？"

我点点头，不过并不确定。但我清楚，我必须赶快好起来，因为明天还要工作呢。

她站起身，走到门口："等你收拾好了，过来吃饭吧。"

我目送她远去，喝完了剩下的茶，茶里隐约有一股柠檬草和生姜

的味道。现在,我的头已经没那么疼了。

我和阿康全家人坐在饭桌旁。宋先生和阿康的哥哥都换掉了工作服。桌上摆着米饭、肉丸和一碗碎菜沙拉。

宋太太把盘子推到我面前:"现在感觉怎么样了?"

"好多了。"我说。我可不想让他们觉得我明天上不了班。

阿康一直看着我。说不定他已经跟人打赌,我会把饭掉到桌上。

宋太太厨艺高超,她做的鱼肉酱能与妈妈的媲美了。我尝得出,里面放了辣椒、大蒜和生姜,就像妈妈过去在家里做的一样。

阿康朝我探了探身:"你还没过来的时候,我哥就说,你的吃相准会像猪一样。他还说,你得就着食槽吃才行。"

"阿康!"宋太太瞪了他一眼。

阿康不肯罢休,压低了声音继续说:"他还说,你根本不知道怎样使用坐便器。"

"阿康!"宋先生用勺子敲了敲饭桌,"够了!"

我把米饭团成团,盯着眼前的食物。难道他们真的这样看待山里人?难道他们认为我们活得像野兽一样?

宋先生坐回椅子,擦了擦嘴:"说说看,阿丹,为医生工作感觉怎么样?"

阿康和拉米顾不上吃饭,抬头看着我。他们都知道这个人。我不想让他们觉得我害怕医生,要是让医生知道我不喜欢他,我可能会失去这份工作。"医生是个好老板。"我说,"能够遇见他是我的福气。"

宋先生瞥了太太一眼。"嗯,那就好。"他说,"我很高兴他能对你这么好。"

我们默默地吃着饭。外面车水马龙,街上不时传来汽车喇叭声。

"他真的是个医生吗?"我问。

宋先生看了看我:"他上过大学。"

拉米扑哧一笑。"就上了一年。"他说,"他的父亲供他上的医学院,但是他被开除了。"

宋先生在椅子上挪了挪身子:"那可不一定。"

"你可以花钱上大学。"拉米说,"但花钱买不来学问。"

宋先生瞪了他一眼:"说话要当心。他的父亲有好几辆伐木车都停在我们车库里。他是个好主顾,我们可不能丢了这份生意。"

拉米吃完饭,起身离开饭桌,从门后拿起了摩托车头盔。

宋太太把碗里的剩饭倒掉:"别回来太晚。"

阿康站起身,也想要走。

"阿康。"宋先生说,"我有一项任务给你,干完才能离开。"

阿康咕哝了一声,好像早就知道父亲在想什么。

宋先生离开房间,直奔办公室。等他回来时,手里多了一摞传单。他把几张钞票放到桌上:"这是你的酬劳,不要跟我讨价还价。"

阿康把钱塞进口袋,拿起那摞传单。我也准备离开时,阿康的妈

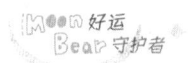

妈递给我一篮香蕉。

"拿一根吧,可以晚上吃。"她说。

我道过谢后,拿了一根香蕉,想要回房间里安静一会儿。

可我刚坐到床上,敲门声就响了起来。阿康推开门,手里还拿着那摞传单。他关上门,坐到我旁边。

"听着,阿丹。"他扫了一眼门口,好像担心有人跟着他一样,然后举起传单,"你想不想为自己赚点儿外快?"

我皱了皱眉。我清楚他打的什么主意,不过有钱赚也不错。

"听好了。"阿康举起几张钞票,向前靠了靠,"我们来做个交易。你来发传单,钱我分你一半。"

我看了看他。这显然不太公平。

阿康看得出来,我信不过他。"做生意就是这样。"他说,"我可是中间人呀。"

我盯着他手里的钞票。他把钱一分两半。

"要不要?"他说。

我需要钱。"要。"我说。

阿康咧嘴一笑:"好哇,我的朋友,就这么定了。"

我不介意去发传单。阿康说第一次他会陪着我,免得我又被撞倒,而且我也可以趁机出去看看这座城市,放松一下。我跟着他来到通向市中心的街上,把传单一张接一张地夹在轿车和卡车的风挡玻璃上。传单上印着一张照片,是阿康的父亲站在待售的摩托车和汽车旁,那些车全都被擦得锃亮。照片上他身穿西装,看起来比平时年轻多了。

我们经过路边的夜市,夜市上有很多货摊。有的货摊卖熟肉和零食,有的卖洗衣粉、牙刷和香皂。我在一个货摊前放慢脚步,这里有许多我没见过的刺绣和丝线。妈妈肯定会喜欢这里的,我心想,假如我能赚更多钱,我会回到这里,把这些都为妈妈买下来。我用阿康给我的钱买了一卷银色的丝线。也许每发一次传单,我就能为妈妈买一卷丝线。

我们准备返回时,太阳已经落山,空气中弥漫着檀木和雪松的香气。在街道的尽头,我可以隐约看见湄公河。落日的余晖映照在河面上,橘黄色的河水仿佛要燃烧起来一般。我把双手插进口袋,开始往回走。现在,我有了一卷丝线和一点点钱。这是我生平第一次感到富有。

我从房间里凝望着街道对面的养熊场。它已经被黑暗吞没,里面寂然无声。我很想知道熊妈妈怎样了,它已经一天没有进食了。我掀开衬衫,摸了摸脖子上的钥匙。

谁也不会发现。

我把香蕉和阿康送的手电筒塞进口袋,隐在阴影中走过马路,来

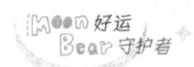

到养熊场前。我环顾四周,发现没人注意,于是打开挂锁,溜进了大门。我推开滑门,走进熊舍,里面黑魆魆的。我不敢开灯,担心外面有人看见。我也听不到熊的声音。要是它们逃跑了怎么办?要是咬人魔早已打开笼子,在那里等着我怎么办?

我拿出口袋里的手电筒,照着前面的路,沿着两排铁笼之间的小道走去。经过铁笼时,我能听到它们均匀的呼吸声。

"只有我一个人,熊熊们。"我悄声说道。我用手指把香蕉捏烂,好方便熊妈妈舔舐。我用手电筒照了照铁笼。熊的眼睛反射着光,就像一个个小小的月亮。咬人魔从胸腔深处发出了一声低吼。

我来到熊妈妈的笼前。它紧贴着栏杆,爪子张开,朝我伸着。我用手电筒照了照它的眼睛,它们看起来黯淡而呆滞。

它的熊爪摸起来冷冰冰的,已经发硬了。

在内心深处,我突然感到一阵恶心。

我把手伸向它的皮毛,闭上了眼睛。

不管怎么说,我感到这是我的错,是我让它失望了。

熊妈妈死了。

13
又见陈将军

医生怒不可遏。

他在铁笼之间走来走去,恶狠狠地瞪着我:"你来这里还不到一个星期,我就已经死了一头熊。"

我盯着地面,紧紧攥着拳头。我早就告诉他熊妈妈生病了,但他置若罔闻。我用余光看见阿桑正低着头,用水管冲洗排污渠,尽管在他上班之前,我已经把这里打扫干净了。

医生一脚踢翻地上的木桶,木桶撞到对面的墙上,把里面的熊食洒了一地。黑熊们跳了起来,发出嗷呜嗷呜的吼声。医生拽起熊妈妈的脑袋,然后突然松开:"你知道再买一头熊得多少钱?"

我艰难地咽了一口唾沫。

"太贵了!"医生愤愤地说,"我可不能再买一头熊。现在少了一头熊,我赚的钱就少了,所以你的工钱也得减少。懂不懂?"

阿桑始终看着地面,继续打扫熊舍。我一直盯着熊妈妈,直到医

生转身离去。

透过栏杆,我看着他走过院子,进了办公室。黑熊们一边盯着他远去,一边喘着粗气,然后在狭窄的笼子里转过身去。我真希望医生骑上摩托车赶紧离开,好让我们清净一天。但他听到一阵汽车喇叭声,突然停住了脚步。一辆外形霸气的黑色轿车停在了大门口。一名荷枪实弹的卫兵下车,打开后车门,只见一个西装革履的男人下了车,拽直上衣,拂了拂裤子上的褶皱,然后走进了院子。虽然他没穿军装,但我还是一眼认出了他。我连忙躲到滑门后,透过门上的缝隙张望。

我扭头看了看阿桑:"我认识这个人。"

"陈将军吗?"他靠在扫把上看着我,"谁都认识他。"

我皱了皱眉,看着医生和陈将军走进办公室:"他来这里做什么?"

"陈将军每个星期都会过来。"阿桑答道。

我看见陈将军带着一个小包走出办公室,上了车。车窗被缓缓摇上,他的面孔消失在深色的玻璃窗后面。

阿桑点燃一支烟:"陈将军的女儿生病了。他每周都会过来取熊胆汁。医生说,现在只有这个才能治好她的病。"

我想象不出,陈将军竟然有个女儿。我想起了阿美和苏丽。要是她们也生病了,我怎样才能知道?陈将军会知道吗?他会告诉我吗?也许他早就不记得我了。

阿桑拿开香烟,把烟灰弹到地上。我望着烟雾袅袅上升,飘出换气窗,消失在我们头顶的一小片蓝天之中。我好想知道,熊妈妈是否见过蓝天,是否见过月亮,是否感觉得到它脚下的土地。

"现在该拿熊妈妈怎么办?"我问。

阿桑愤怒地望着走出滑门的医生。"他会把胆囊卖给药店的福莫萨克先生,把熊肉和熊皮拿到集市上,把熊掌卖给会做熊掌汤的上等酒店。"阿桑在地上捻灭烟头,"医生不仅不会赔钱,还会大赚一笔,根本没必要克扣我们的工钱!"

阿桑把熊妈妈拖到手推车上,离开了熊舍。我不想看到他对熊妈妈做的事情,于是表示愿意留下来喂其他的熊。我尽量刮起地上的粥水,把它们盛进托盘。黑熊们立即凑了上来,用没有牙齿的嘴巴啧啧有声地吃了起来。我用水龙头朝它们身上冲水,它们开始舔舐自己的皮毛。我设法让熊妈妈的幼崽吃些东西,但它视若无睹。它背对着我,不再左右摇晃,也不再用脑袋撞击栏杆,而是一动不动地卧着,把头靠在熊爪上,盯着栏杆外面污渍斑斑的水泥墙。

养熊场的生活一成不变。我在天亮前来到熊舍,打扫笼子,给黑熊喂食。阿桑很少进来。但医生出现的时候,他一定会过来。每周两次,医生会过来从熊身上提取胆汁。渐渐地,我像黑熊一样,开始憎恨这样的日子。每当它们看见医生，听见他手中铁棍敲在栏杆上哐啷哐啷的声音，它们就开始呜咽和哀鸣。咬人魔会朝着空中挥舞熊爪。它对所有人都怒目相向：阿桑、医生，还有我。

我学会了怎样把熊胆汁装进瓶子，怎样在它们干燥后制作熊胆片和熊胆粉。医生会将它们悉数打包，越过边境，带往越南的老家。他说，在那里熊胆汁可以卖到两倍的价钱。陈将军每周都会过来为女儿取胆汁。他经常见到我，但是我猜他并不认识我。我敢肯定，他早已把我忘了。

等到医生离开后，我会在傍晚返回熊舍，带着我从集市上买的水果。那是我用从阿康爸爸那里赚来的钱买的。我喂熊吃木瓜和香蕉。它们也喜欢甜瓜，但甜瓜太宽，塞不进笼里。我只好打开笼闩，露出一道缝，然后迅速把甜瓜丢进去。甜瓜圆圆的，它们老是啃不到，但也不会从栏杆中间掉下来，所以很快便成了它们的玩具。它们有的用熊掌轻轻地拍打甜瓜，有的在笼子里追着它玩。我猜就连熊妈妈的幼崽也喜欢上了甜瓜。我从来不敢打开咬人魔的笼子，而是把甜瓜切开，一片一片丢进去。

黑熊们渐渐和我熟悉起来。我一进来就会喊道："是我，熊熊，只有我一个人。"每当这时，它们就会把鼻子凑到栏杆间，伸出熊爪，等着吃水果。我也渐渐了解了它们，不只是咬人魔和熊妈妈的幼崽，还有另外五头熊。

这七头熊性格各异。我还为它们取了名字,而不是只叫笼子上的号码。其中两头熊看起来像是亲兄弟,于是我叫它们杰姆和杰普。它们睡觉时喜欢把爪子伸到笼外,尽量靠近对方。还有一头熊叫米伊,它是一头体形硕大的母熊,只有三只熊爪,头颈部的皮毛都掉光了。我经常看到它蹲坐在那里,一簇一簇扯下自己身上的毛。另外一头母熊也少了一只熊爪,我叫它霍克,意思是小鸟,因为它喜欢透过屋顶高高的天窗,凝望振翅飞过的小鸟。它经常仰面躺在那里,朝上望去,一看就是一整天。公熊阿华是养熊场里最年幼的熊,它就像个活宝,每当我在它附近时,它就喜欢在笼子里滚来滚去。要是我朝它走去,它就会发出嗷呜嗷呜的叫声,佯装要攻击我。如果我靠得再近一些,它就会伸出爪子,朝我拍来。

有些傍晚,我会替阿康干活儿,为他的父亲打扫车库、清洗车辆或者为汽车上光。院子里总是熙熙攘攘,轿车、货车尤其是伐木车进进出出,都是来更换轮胎、刹车或者车轴的。我把赚来的钱一部分用来给黑熊买水果和零食,另一部分攒起来给妈妈买了一卷红布。我猜她一定会喜欢。如果我能多攒些钱,也许我就能把红布带回家,亲手交给她。

一天晚上,当我帮阿康给他父亲洗车时,三辆伐木车缓缓驶了进来。阿康摩拳擦掌,乐不可支。清洗这几辆车能让我们赚不少钱。我看着卡车巨大的车轮隆隆驶过,上面还沾有森林里红色的泥浆,带着

浓浓的泥土味。现在,对我来说,森林已经成了一个遥不可及的地方。

我闭上眼,深吸一口气,让泥土的芳香充满肺部。

我真想回到森林里去。我真想设法返回山里,踏上那片肥沃的土壤。但如今看来,这无异于白日做梦。

当时的我并不知道,"好运"被绑着,装在木箱里,就藏在刚刚抵达的那最后一辆卡车上。

14

好 运

很奇怪,那天傍晚,我看见医生出现在车库的院子里。他把摩托车停在宋先生家门口。太阳已经落山,只有一缕金色的余晖仍挂在西边的天际。照明灯在院子里投下两道长长的身影。医生把大拇指插进裤子后面的口袋,扭着屁股走了过来。

宋先生从一辆汽车支起的引擎盖下抬起头。我看见宋太太也透过窗户向外张望。我瞟了一眼阿康,把抹布放回桶里,离开了他父亲的汽车。我可不想让医生知道,我也在为宋先生打工。

其中一辆伐木车的驾驶座上跳下来一个男人,他径直走到医生面前。我记得这个人,我和爸爸一起到伐木站向工人出售野味时见过他。他块头很大,留着油腻腻的背头,肩膀上刺有老虎的文身。我躲进阴影里,看着他们正激烈地交谈。接着,医生摇了摇头,转身要走。他一边慢慢踱步,一边踢起路上的尘土。货车司机把他叫回来,又说了些什么,然后指了指自己的卡车。

医生朝我的方向扭过头。"山里人！"他喊道，"到这儿来。"

我扫了一眼阿康。我没有想到，医生竟然看见我在这里。我在短裤上抹了抹手，走到院子对面。医生原地转了几圈，然后喝道："帮我把木箱搬下来。"

我跟着货车司机走到卡车下面。我看到在两个巨大的车轮中间，有金属支架固定着一个小木箱。司机拽出木箱，我帮他把木箱抬到地上，推到医生面前。

医生双手叉腰，踢了踢木箱："打开吧。"

货车司机把木箱的顶盖推到一边。我们朝里望去。就连阿康也鼓起勇气，挤过来查看情况。一开始，我只看到几条旧毛巾和几根烂兮兮的香蕉。但毛巾慢慢蠕动了起来，原来下面藏有东西。毛巾上沾着淡黄色的液体，闻起来臭烘烘的。我不禁掩住了鼻子。

就在这时，毛巾下露出了一只黑色的小爪。是小狗吗？货车司机拽掉毛巾，把它扔到旁边的地上。我无法从木箱里的小生命身上移开眼神。它看起来活像一只小狗，但比村子里的狗大多了。它蜷缩着身体，布满褶皱的皮肤上盖着一层黑色的毳毛①。等它长大以后，这些褶皱就会被撑开。它的鼻子和嘴唇粉粉嫩嫩的，看起来十分柔软。它的四肢又粗又短，长着大大的脚掌，上面还有像针一样细的爪子。脚

---

①鸟兽的细毛。

掌上粉色的肉垫软软的,同样布满了褶皱,四周还没有长毛。这不可能是小狗。

医生伸手拽起一只爪子,把小家伙翻了个个儿,露出它胸口新月形的白毛。

我扑通一声跪在地上,扶住木箱的一侧。

这正是我在山里看到的那头月熊的幼崽。它虽然比那时大了许多,但和过去一样,它胸口那撮螺旋形的白毛,宛若夜空里的星星。这是我老家的熊崽。

它躺在自己的粪便里,屁股四周沾满了黏糊糊的黄色液体,显然是在腹泻。

看来这只熊崽没能逃走。我很想知道,它的妈妈怎样了。

医生又踢了一脚木箱。"我不想要这个。"他说,"它生病了,而且太小。"

熊崽轻轻地呜咽了一声,想要靠着木箱的板条。但它太虚弱了,根本站不起来。

"总有一天,它会长成一头强壮的黑熊。"货车司机说,"你看,这可是一只公熊。"

"它活不过明天早上。"医生说。

司机指了指旁边的香蕉:"它只是饿了。看见没有,它还没吃东西。说不定它会吃米饭呢。"

医生盯着熊崽。"它离开母熊多久了?"他问。

"一两天吧。"司机说,"有几个猎人看见它独自在路上溜达。"

医生对他的谎言嗤之以鼻。

"这头熊会给你带来好运,让你发大财的。"司机说。

医生弯了弯嘴角:"好运?"

司机点点头:"Sook-dìi[①],他们给起的。猎人们叫它'好运'。他们还说,谁拥有这只小熊,它就会为谁带来好运。"

"要是你把母熊带来,那我才会交好运呢。我会加倍付钱给你。你把它卖给谁了?"

司机捡起毛巾丢回木箱:"要是你不感兴趣……"

医生摸了摸下巴。

"……还有其他人想要这只熊呢。"

医生把手伸进裤子后袋,掏出一把钞票。"我出半价。"他举起钞票说,"我可不能告诉我父亲,你卖给我的都是病熊,对不对?"

司机盯着医生。小熊在箱子里抓住湿毛巾,一道带有血丝的黄色液体从它又短又粗的尾部渗了出来。

"好吧。"司机从医生手里抓过钞票,"半价就半价。这可只对你。"

医生推了我一把:"把熊拿出来。"

---

① 老挝语,意为好运。

我看了看他。

"拿出来。"

我蹲在木箱旁。怎样才能把小熊拿走?比起上次我在熊窝里见到它时,它长大了许多。它的屁股上已经结了硬痂,散发着恶臭。当我还在老家时,有一次村里流行传染病,茅厕里就是这个味道。它有没有长牙?我把手伸到它脖子后面,抓住那里松软的皮肤。小熊扭了扭身体,开始不停地蠕动。它张开嘴,发出一声尖叫。我能看见它的牙齿刚刚冒出牙龈,顶端只有针尖那么细,上排牙齿还留有一道沟槽。看来它仍在吃奶。

我揪住它的后颈,把它拎了起来,包进一条脏毛巾里。司机搬起木箱,扔上货车,然后转身离去。

医生看了看我怀里的小熊。他掩住鼻子,不愿闻到这种气味:"把它带回养熊场,给它喂点儿食物和水,然后关进熊妈妈的笼子里好了。"

"好的,医生。"我说。

我转过身。阿康和家人也凑了过来,想要看看这只小熊。

我和医生一起,穿过了院子。

来到摩托车跟前时,他停住了脚步:"山里人……"

我扭过头。

医生一抬腿,骑上摩托车,戴好皮手套:"别让它死掉。要是它今

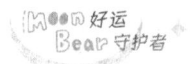

天晚上死了,你就可以打包走人了。"

我看着医生发动摩托车,驶出了院子。阿康和他哥哥站在我身后。

宋太太瞪了丈夫一眼:"我们不是说好的吗?今后院子里不能再出现黑熊了。"

宋先生耸耸肩:"我能怎么办?不过,你看,这只是一只小熊。"

宋太太朝我挥了挥手:"快走!快把它带走。我可不想看见这里有熊,知道不知道?"

小熊在毛巾里挣扎起来。我走过他们身旁,穿过马路,幸好路上人不多。我开了门锁,推动滑门,打开电灯。

"好运!"我叫道。我揪着它后颈的皮肤,把它抱在怀里:"好运!我希望你真的能带来好运。"

小熊朝空中蹬了蹬脚爪。

我可不能丢掉这份工作。我得给妈妈寄钱,所以不能让这只小熊死去。

我真的太需要好运了。

15

柔软的夜晚

我不知道该拿小熊怎么办。

我把它带到熊妈妈的笼边。其他的黑熊开始在笼子里坐卧不安,像每天晚上一样等着我喂水果。

"今天可没有水果。"我喊道。

当我经过阿华时,它朝我挥起熊爪。咬人魔把鼻子伸到笼外,向上拱去,嗅出空气中有另一只熊的味道。

"它臭死了。"我说,"我们最好给它洗个澡,是不是呀?"

所有的熊都蹲坐着,看着我,或者说看着新来的小熊。熊妈妈的儿子也把头从熊爪上抬起,瞟了一眼这个小家伙。

我举起好运,把它放进熊妈妈的笼子里,关上笼门。但它太小了,栏杆之间的距离太宽。它胖墩墩的腿很快滑了出去。它太虚弱了,根本站不起身,所以卡在了下面的栏杆里。

我解开长长的皮管,开始向它身上冲水。它扭动了起来,还轻轻

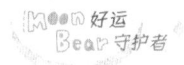

地呜咽了一声。我一直开着水管,把它的屁股冲洗干净,让水从它黑色的皮毛上滴答滴答往下淌。

"阿丹!是我,阿康!"

阿康正从滑门外叫我。

我顾不上关水管,连忙跑了过去。他站在养熊场门口,瞪大了眼睛,好像随时都准备逃跑。

他盯着那两排黑熊:"它们都被关起来了吗?"

我点点头。

"我爸让我来告诉你一声,他马上就要锁院门了,别回来太晚。"

我扭头望着笼子尽头的好运。我得抓紧时间。"我马上就回。"我说。

阿康又看了我一眼,转身走了。

我卷起皮管,走到好运身边。它双眼紧闭,不停地打着哆嗦。它吮吸着自己的前爪,就像过去苏丽喜欢吮吸自己的大拇指一样。它的四条腿耷拉在栏杆下面,所以动弹不得。我朝咬人魔望去。很难想象,将来好运也会长成这样一头大熊。

"好吧。"我说,"你得吃点儿东西。"

我从制备室拿来几根香蕉,用手指压烂,然后把几小块香蕉塞进栏杆。但好运把鼻子挪到一边,香蕉掉到了地上。我看着它渐渐睡着,于是打开笼门,想把它叫醒。我摸了摸它柔软的皮毛,触到了它的肋骨。我猜它已经很长时间没有吃奶了。我又递给它一块香蕉,但它并不理会,而是用爪子抓住我的手指,想要吮吸。

我回头看了看刚才阿康站着的地方。我不能把小熊独自留在这儿,它有可能活不到早上。如果今天我把它带回去,晚上我可以再试着喂喂它。我知道宋太太肯定不准我这样做,但我用不着让她知道。不知道妈妈对这件事会怎么想,过去,我们从来没有把动物带进过家里。

我从制备室抓来一条旧毛巾,把好运包了起来。一开始,它不停地蠕动,但很快就安静了下来。我拿起一根香蕉和一个木瓜,锁上大门,离开了养熊场。

当我走进院子时,宋先生朝我挥了挥手。我低着头,把毛巾紧紧搂在怀里。我心想,他最好别叫我过去。幸运的是,毛巾没有散开,里面的小家伙也一动不动。

一进屋,我立即关上房门,并且用后背顶住。我能听见外面传来宋先生的脚步声。我屏住了呼吸。我听到他关上车库大门,插上门闩,锁好锁链,然后朝屋里走去。我长舒了一口气。现在安全了,不会再有人来打扰我。伐木车换好轮胎,已经离开了这里,准备再次驶入森林。

我打开电灯,瘫坐在地上,然后拿掉了小熊身上的毛巾。我看到它眨了眨眼。它的眼睛很小,还没有完全睁开。我掰下一块香蕉,在手指上抹上香蕉糊,但好运似乎并不领情。它伸出小爪,在我膝盖上蠕

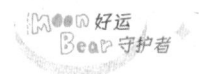

动,似乎想要拱进我怀里。它一边用爪子扒我的T恤,一边用鼻子拱着我的胸口。

我伸出一只手,抚摸着它头顶柔软的皮毛。在它那松弛的皮肤褶皱下,我能感到它隆起的脊背和肋骨。它胃里空空的,我不知道它已经多久没有进食了。

我凑近好运,它的口部闻起来有些发酸。当水牛犊还在吃奶时,它们闻起来也是这种味道。也许它还不会吃固体食物,在被捉走前,它一定还在吃奶。我没有牛奶,不知道婴儿奶粉行不行。我还记得,妈妈有一个表妹就是用奶粉喂孩子的。当时,她得长途跋涉才能买到奶粉。也许我可以用奶粉喂好运。不过我不知道哪里能买到奶粉,多少钱才能买到。我竭力回忆,当我们还住在森林里时,那里的黑熊喜欢吃什么,好像有野果、树根和昆虫。但我突然想起来爷爷给我讲过熊的故事,它们最喜欢蜂蜜。我把好运放到毛巾上,打开小衣柜,拿出那罐蜂蜜。我曾经发誓永远不再打开这罐蜂蜜。这是森林里的蜂蜜,野熊最喜欢的蜂蜜。我想,要是喂小熊一点儿蜂蜜,应该不会有什么问题。

我拧开盖子,用手指刮了一些蜂蜜。我能看到里面还留着蜜蜂的幼虫。我蹲到地上,把手指塞进好运嘴里。一开始,它摇晃着脑袋,想要吐出来,但尝到了蜂蜜的滋味后,它向前凑了凑。

我高兴地笑了:"还想要吗?"

它闻了闻,开始舔我的手指。我很好奇,它是否还记得蜂蜜的味道?也许它的妈妈曾经给它带来一个蜂巢,和它一起分享里面的蜂蜜。我想要知道,它是否和我一样,会让这种味道把自己带回森林。它又蠕动了一下,想要再尝一口。我刮掉了差不多半罐蜂蜜。它在我手上舔呀舔呀,吮吸着香甜的蜂蜜。最后,我把手指往脸盆里蘸了蘸,让它舔掉上面的水滴。

它想要爬上我胸口,睡在我的臂弯里。

"不行,你不能这样。"我说。

我把毛巾叠好,放到屋子的角落里,然后把它放了上去。

"今天晚上,你就睡这儿吧。"

我关上灯,蜷缩在单子底下,然后闭上眼,渐渐有了睡意。当我快要睡着时,我感觉到它爬了过来。它一边四处嗅着,一边伸出爪子,朝我的方向爬来。它从胸腔深处发出一声低沉的哼叫,然后蜷起身子,把扁平的脚爪搭在我脸上。我能够感觉到,隔着胸膛,它的心跳得很快。不知道它被捉走多久了,这么小的幼熊是不可能离开妈妈的。透过小小的窗子,我看到了一弯细细的月牙儿,就像小熊胸口的那弯新月一样。也是这弯新月,曾经挂在森林里的树梢上,倒映在瀑布下静谧的水面上。正是在那里,我在熊窝第一次看到了这只小熊。我突然想起了爷爷。此时此刻,也许他正透过树梢,和我仰望着同一个月亮,并且想起了我。

我把脸贴在好运柔软的皮毛上,呼吸着泥土馥郁的芳香,里面有落叶,有小径,还有清凉的山雨。我闭上眼,任凭这种想象充满整个房间,照亮了漆黑的夜晚。

我属于那里。好运也属于那里。

我把它搂进臂弯。"我答应你,"我说,"总有一天,我会和你一起重返家乡。"

16
每个人都会说谎

我在自己接连不断的咳嗽声中惊醒,感觉好像无法呼吸。不知什么时候,好运爬到了我的脸上,用鼻子和嘴巴拱着我的鼻子。我把它推到一边,坐了起来。天色尚未放亮,但寺庙里浓重的檀香已经开始在清晨的空气中飘荡。若在平时,这是我最喜欢的时刻,空中没有灰尘,我可以望着星星渐渐隐没在黎明的天际。但是今天,我可没有时间躺在那里静听这座城市醒来。

我得喂小熊。

我打开灯,好运在亮光下眯着眼睛。它看起来似乎比昨天强壮了一些,可以站起来了。但是,当它想要跑到屋子另一头儿时却跌倒了。它用前爪抱住蜜罐,伸出粉色的舌头,一个劲儿地舔着。今天我得设法给它找到更多食物,还得把脏毛巾洗干净。要是宋太太知道我让一只熊睡在这里,她准会把我赶出去。

我听见宋先生打开了车库的大门。估摸着他应该已经返回屋里

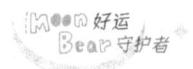

后,我推开了自己的房门。在白炽灯的光线下,透过窗户,我可以看见阿康和他的家人。阿康的哥哥已经站在门边,很快就会走进院子。万一有人拦住我说话怎么办?我可不能冒这个险。我把好运包进毛巾,拿起我帮阿康干活儿赚来的工钱。在给妈妈买完红布后,剩下的钱不多了。虽然可能不够,但今天我得试试,看能不能买到奶粉。趁太阳还没有升到房顶,我把好运夹在胳膊底下,疾步穿过了马路。

今天是星期六,阿桑和医生都不会来。不过我担心,医生也许会顺便过来,看看小熊的情况。我甚至不清楚医生住在哪里,也不知道他周末会去什么地方。宋先生和太太说他回越南探亲了,但阿康的哥哥说,他跨过友谊桥去泰国见女友了。

阿桑很少进来看熊,他把这个差事留给了我。他会送来袋装的大米和水果,但有时候如果他忘了,我就只能凑合,直到他下次送来为止。

当我走进去时,黑熊们都朝我看来。它们仰起鼻子,想要嗅一嗅蜷缩在我怀里的小熊,也许这能唤起它们对森林的一些记忆。好运一边在我臂弯里蠕动,一边轻轻叫了一声。我得给它喂奶,清扫熊舍的工作可以等会儿再干。对于它来说,熊妈妈的笼子太大了,所以我决定带着它去买奶粉。我可不能冒险,让它从栏杆间的缝隙里掉出来。我把它放进一个藤编篮,用两条毛巾盖上,然后来到街上。

"嘿,阿丹!"

我转过身。阿康跟着我来到路上。

"你要去哪儿?"

我没有停步,而是用双臂搂住篮子。好运就藏在毛巾下面,我可不能让阿康看见。

"我得去买熊食。"我说。这话不假,我本来就是去为它们买水果。

"我也去。"他说。

我继续向前走:"我一个人就行了。"

阿康一溜儿小跑跟了上来,一边在我旁边走着,一边踢着脚下的尘土:"我们得想个办法赚钱。"

"我以为你还在学校卖东西。"

阿康咂了咂嘴:"他们不让我卖了,老师说这违反了校规,但我猜是因为他买的手电筒坏了。"

"噢!"我说。

我加快脚步,赶在了他前面。

"你就只会说个'噢'吗?"

我在十字路口停下来,看了看两边的车辆:"那你想让我说什么?"

阿康紧走几步,和我一起过了马路。"你们家人是怎么赚钱的?"他问。

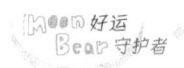

我能感觉到好运正在篮子里蠕动,它吮吸小爪的声音隐约可闻。我真希望它能继续睡觉。我皱皱眉,想起了过去。我们并不怎么关心钱。"我们需要的钱不多。"我说,"不过妈妈会卖些刺绣,爸爸……"说到这里,我停了下来。自从我离开村子以后,我从未提到过爸爸。我加快了脚步。在城里,走路也是一件麻烦事。你得时快时慢,躲避人流和车流,而不能像在森林里那样,漫不经心地迈着大步。

阿康紧随其后:"你爸爸怎样?"

我真希望阿康赶紧离开。我感觉到好运正在篮子里动弹。我瞟了一眼,看见它已经钻出毛巾,爬到了篮子边上,正探头探脑地向外张望。我连忙拐进一条小巷,躲到垃圾箱后面。

阿康也跟着蹲到我身旁:"阿丹!你这是干什么?"

当我努力想把小熊按回篮子里时,他瞪大了眼睛。

他后退一步。"阿丹!"他结结巴巴地叫道,"这是……熊吗?"

我皱了皱眉,想盖住小熊,但它还是把爪子伸了出来。

"你带着它干什么?"

我四下里看了看。"别告诉任何人。"我厉声说道。

就像过去妈妈用襁褓包裹阿美和苏丽一样,我用一条毛巾裹紧小熊,把爪子塞进里面,让它动弹不得。我把它放回篮子,用另一条毛巾盖在上面,以防其他人看到。

阿康仍然盯着我。

"我得去给它买奶粉。"我说,"婴儿奶粉。"我把头探出小巷,看了看街上:"可我不知道去哪儿买。"

我看了看阿康。他站在那里,冲我咧了咧嘴。

"怎么了?"我问。

阿康笑着在我背上拍了一巴掌。"你知不知道,阿丹?"他说,"自打你来了以后,生活变得有趣多了。来吧,我知道哪里有奶粉卖。"

我跟着他走过两条街,来到一家药店的橱窗前。

"是这里吗?"我问。

阿康透过玻璃门向里张望,然后点了点头:"我认识这家店主,让我跟她说。"

我站在药店里,四下打量,壁柜里摆满了盒子、瓶子、药罐和药液,一些药罐上还印着养熊场的标志。我猜医生也向这里出售熊胆汁。

"阿康!"柜台旁的女士笑容可掬地招呼他说。

阿康也笑了笑。

"你爸妈还好吗,阿康?"

"他们都好,谢谢你。"他答道。他扭头瞟了我一眼,然后皱了皱眉。我能感觉到好运正在篮子里蠕动,而且能听见它正用爪子在里面乱抓。但愿它没有挣开毛巾。

"这是我的朋友。"阿康指着我说,"他想给妹妹买奶粉。"

我的心都快跳出来了。

好运轻轻叫了一声,店主立即盯住了篮子。

"他妈妈病了,所以来不了。"阿康接着说道。

其他顾客听到了声音,也纷纷扭头看过来。其中一位女士笑吟吟的,想要朝篮子里张望。

店主的脸色柔和了许多。她拿过身后的两个盒子:"新生儿?还是六个月以上?"

我盯着阿康。

"新生儿。"阿康朝我点头示意。

我也点点头:"新生儿。"

她举起一个奶瓶:"这个要吗?"

"不用了。"阿康说。

"要。"我说。

店主看了看我们俩,指了指收银机上的价格。我把手伸进口袋,翻出所有的钞票。阿康数了数。

他扫了我一眼:"不够呀。"

我看着他:"我只有这么多。"

阿康掏了掏自己的口袋:"我也没钱了。"

好运又叫了一声,像是奇怪的哽咽。我看见它正在毛巾下面扭来扭去,并且伸出了一只黑色的小爪。排在我们身后的人们正向篮子里张望。

我拽了拽毛巾,盖住好运。"没事了。"我说,然后开始退向门口。

阿康瞥了一眼篮子,做出一副苦相:"他妹妹也病了。"

店主歪着头,看了看我,又看了看篮子。"拿着。"她拿起奶粉和奶瓶,走到柜台外面,"把这些给你妈妈。"

说着,她笑眯眯地向篮子里望去。

"这病传染。"阿康把我推出门外,"我们得走了。"

"谢谢您。"我大声说,但阿康已经把我推到了马路上。我们朝养熊场走去。

"刚才可真悬。"他咧嘴一笑。

"你说谎了。"我说,"为了买到奶粉,你说谎了。"

"我不是故意的。"阿康耸耸肩,"每个人都会说谎,阿丹。不管怎么说,你买到奶粉了。"

我们加快了脚步。我手里的篮子很沉。从好运的叫声就可以听出,它饿坏了。

"你把小熊放哪儿?"阿康问,"它在哪里过夜?"

"在笼子里。"我回答,"它睡在其他黑熊旁边的笼子里。"

每个人都会说谎,我想。

我也不例外。

17
超声仪

阿康和我一起回到养熊场。他可以帮我念念包装上的说明,告诉我怎样冲奶粉。好运就卧在我俩中间的地上。

阿康望着我身后的熊舍:"它们不会逃走吧?"

"每个笼子都有笼闩。"我答道。

阿康看起来有些怀疑:"我哥说,上一个工人就是因为有熊自己打开了笼子,才遭到攻击的。你不知道这事吗?"

我看着他,想知道他是不是在故意吓我。

他看起来不像是在开玩笑。"说到熊,它们的爪子可灵活了,不是吗?"他说。

咬人魔的笼闩上有一个铁钩。也许就是它咬死了那个工人。

好运拱了拱我的脚踝,想要咬我的橡胶靴。

"来吧。"我说,"我们得喂喂好运了。"

阿康举起奶粉盒,念了念上面的说明。我量好奶粉,把温水兑入瓶中。

"你看它有多大?"阿康问。

我耸耸肩,算了算自从我在熊窝里见到它已经过去了多久。"它应该有三个月左右。"我说。

阿康皱了皱眉:"上面说,你得每三个小时喂一次。"

"每三个小时!"我叫道,"每次喂多少?"

阿康把手里的奶粉盒翻过来,看了看上面的字。"不知道。"他大笑起来,"上面可没说怎么喂熊。"

我瞪了他一眼,把带有奶嘴的瓶盖拧好,然后摇晃着奶瓶,看着奶粉在温水里溶化。

"你怎样才能让它喝进去?"阿康问。

我拎起好运,把它抱在臂弯里,就像妈妈抱着我妹妹一样。我把奶嘴塞进它嘴里。一开始,它把头挪开了,但尝到奶的滋味后,它把鼻子拱了过来,想要去舔奶嘴。不一会儿,它把爪子放在奶瓶两侧,好像要自己搂着一样,很快就喝了个精光。它继续舔着奶嘴,好像没喝饱似的。

"它还是很饿。"阿康说。

"我等会儿再喂它。"我记得,阿美每次吃过奶后,都会感到不适。我可不想让它也生病。

我把好运放回熊妈妈的笼子里。在早上被我带往市区,现在又喝

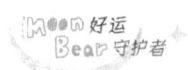

完奶以后,它打起了瞌睡。至少在它睡觉时,我可以清扫笼子,喂一下黑熊。我找到一个旧塑料箱,在里面铺上毛巾,把箱子放进了笼子。睡在箱子里肯定要比睡在光秃秃的栏杆上舒服得多。

我返回制备室,想要洗干净奶瓶,再找个地方把奶粉藏起来。我可不想让医生看到,否则他肯定会拦着我。

阿康也跟了进来,按下超声仪上的按键。

"别动!"我喊道。

阿康转过头,从仪器上拿开手:"这是干什么用的?"

"它能显示体内的图像,好让医生知道胆囊在哪儿。"我说,"这样他就可以把探针插入,采集胆汁。"

"你会用吗?"

"会。"当医生扫描黑熊的腹部时,我学会了要按哪些按键。

"那就来吧。"阿康站起来说,"我们试试看。"

我皱了皱眉:"我不可能就这样把熊弄出来扫描。"

阿康笑了起来,掀起身上的衬衫:"不用把熊弄出来,在我身上试试。"

"你身上?"

阿康说:"扫描我吧。"

我朝门外看了看,院子里空无一人。"好吧。"我也笑了起来。

我打开仪器,只见小屏幕上一闪。我拿起探头,在末端抹上凝胶,朝阿康伸了过去。

阿康后退一步:"这个不疼,对吧?"

"不到疼的程度。"我说。

阿康又卷起衬衣,我把探头在他的腹部移来移去。探头滑过阿康的皮肤,首先出现了一团模糊的白色图像,这是他的肝脏。接着,屏幕上又出现一个圆形的黑洞。

我盯着屏幕说:"这是你的胆囊。"

"哪里?"他问。

我用手指狠戳了一下他的肚皮:"就是这里!"

"哎哟!"阿康大叫着,一把把我推开,"疼死了。"

"山里人!"

我转过身。我竟然没有听到摩托车已经开进了院子,也没有听到门外水泥地上传来的脚步声。我的心在胸腔里狂跳不止。

医生站在门口,晃着手里长长的铁棍。

18

咬人魔的胆汁

"我付你工钱就是让你干这个的吗?让你来玩的吗?"

我偷偷看了看阿康,但他直愣愣地望着地面。

医生又朝我走了一步:"熊也没喂,地也没扫,你以为你在干什么?"

"小熊很好。"我说,"我一直在喂它。"

医生用手背扇了我一个耳光。"现在它只会让我赔本!"他朝地上吐了一口痰,"你也一样。"

我的脸颊火辣辣的,眼眶里充满了愤怒的泪水。让我愤怒的还有阿康。我不该和他一起玩闹,他不会有任何损失,而我会失去一切。我得养活家人,我得为妈妈赚钱。

"对不起。"我说。我擦干探头,想要把超声仪放好。

"放下吧。"他厉声喝道,"陈将军马上要来,你得留下来。今天阿桑不在,我要你帮忙。"

他转身离开制备室,留下阿康和我。屋子里十分安静。我的心仍在狂跳,双腿虚弱无力,颤抖不止。

阿康瞪大眼睛,盯着医生远去。"真对不起。"他说。

我背对着他,打开水龙头冲洗奶瓶。"你走吧。"我说。

"阿丹,真……"

"你走吧!"我吼道,水龙头里的水涌进奶瓶,因为压力过大,又从瓶口喷了出来,"要是你还不走,我会惹上更多麻烦的。"

我使劲晃了晃奶瓶,听着他的脚步声渐渐消失。

我怎么能这么蠢!医生什么时候都可以回来,为什么偏偏选这会儿?我冲干净奶瓶,把它藏在一个壁橱后面,然后开始喂熊。

黑熊显得焦躁不安。熊妈妈的幼崽正来回摇晃。杰姆和杰普也学着它的样子,一边在笼子后面左右摇摆,一边咕噜咕噜地发出叫声。我打开水管,对准笼子下面,冲走昨夜的粪便。幸亏昨天晚上我没喂它们水果,我可不想让医生知道我给它们加了餐。我冲干净地面,让所有污物流入排水沟。

医生似乎也坐立不安。我看见他在院子里踱来踱去,不时看看手表。当陈将军的轿车驶入院子时,他后退一步,用手抿了抿头发。司机跳下驾驶座,打开后座门,陈将军掸掸裤子,走进院里,小心地看着脚下的路。

医生过去打了个招呼,但没有将他带往办公室,而是径直朝我的

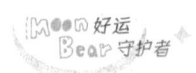

方向走来,进了熊舍。陈将军的目光掠过我头顶,他皱了皱眉,好像是觉得在哪里见过我,但又记不清我是谁了。我真想问问,我的妈妈和妹妹们怎样了,但我清楚,自己对他来说根本微不足道。

陈将军在医生的陪伴下来到两排铁笼前,停下来打量每一头熊。他盯着熊妈妈的幼崽说:"你卖给我的药片和药粉不管用。"

医生不安地绞着双手,额头上渗出了汗珠儿。"我的熊胆汁质量上乘。"他说。

陈将军用铁棍捅了捅熊妈妈的幼崽,它呻吟了一声,转过身去。"我女儿的医生说,他需要从最强壮的熊身上提取最新鲜的胆汁。"

"它们都很强壮。"医生坚称,"但我要带您看看其中最强壮的那头。"

陈将军跟着医生走过一排铁笼。他的皮鞋踩在水泥地上,没有发出一点儿声响。

当他们来到咬人魔的笼前时,它立即扑了过来,朝空中挥舞着爪子。将军毫无惧色。他盯着咬人魔,咬人魔也盯着他。它把鼻子紧贴在栏杆上,满嘴都是口水。

"就是这头。"陈将军说,"这头熊是个斗士。就要这头。"

医生赔笑说:"明智的选择。"他冲我拍了拍手:"孩子,把推车推过来。我们要取它的胆汁。"

我从制备室推出推车,停在咬人魔的笼前。医生举起镇静剂,开始绕着它的笼子踱步。咬人魔呻吟着、呜咽着,跟着医生一起转圈,而且紧紧地盯着他。它用牙齿咬住栏杆,因为愤怒而浑身颤抖。当医生举起长杆准备注射时,它猛扑了过来。

但医生的手法娴熟,动作敏捷。他把针头猛地刺入咬人魔的后腿。当针头正中要害时,咬人魔发出了低沉的咆哮声。

"您瞧,"医生笑道,"它可是我们这儿最强壮的黑熊。"

陈将军点点头。咬人魔的脑袋渐渐耷拉下来,四条腿开始不停地哆嗦,最后它颓然倒在笼中。

医生用棍子戳了它一下。"再小心也不为过。"他说。但咬人魔一动不动,只是轻轻地打着鼾。看得出,它已经处于深度麻醉状态,而且这一次,它比以往更加昏沉。我怀疑,医生一定是加大了剂量。

医生打开笼门,在我的帮助下将咬人魔拖了出来,拽上手推车。这项工作通常是阿桑做的。我这才意识到,他一定很有力气。医生和我拽着咬人魔的脑袋和爪子,把它推到制备室。

陈将军拉过一把椅子坐下,拂了拂裤子上的褶皱,然后从上衣口袋掏出一个盒子,拿出一副金丝眼镜。他把双手放在膝盖上。他想要亲自看着医生提取熊胆汁。

医生抹了抹脸上的汗水,想要掸掉粘在白色 T 恤上的黑色熊毛。"这熊结实着呢。"说着,他拍了拍咬人魔的肚皮。

陈将军无动于衷地盯着他。

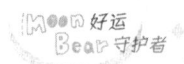

我看见医生把探头放在咬人魔的腹部,直到显示器上出现了黑色的圆形胆囊。他扎了几次,都没有扎中咬人魔的胆囊。我注意到,他不住地偷看陈将军的表情,双手也抖得厉害。

"啊!"他终于扎中了。我看着他把针头对准电泵,一股黑绿色的浆状物缓缓流入长颈瓶内。

我最恨看到这一幕。

但是今天,我却目不转睛地盯着咬人魔。它粗壮的躯体占满了整个手推车,巨大的爪垫就像厚厚的皮革。它的肘部布满了红肿的伤口,毛发打着结,粘在皮肤上,外面还有一层黄色的脓水。它张着嘴,里面的牙齿早已残缺不全。

我想知道,陈将军是否能看见这些。在他的眼里,咬人魔究竟是一头强壮的黑熊,还是一位沧桑的勇士?

我帮助医生把咬人魔拖回笼里,关好笼门,插上笼闩。咬人魔巨大的躯体瘫靠在栏杆上。今天,它的劫难到此为止。

医生把装着胆汁的长颈瓶举到灯光下:"这是最新鲜的胆汁。它会让您的女儿好起来的。"说完,他用手掠了掠头发,满面带笑。但我注意到,他虽然站在那里没动,但一条腿却止不住地颤抖。

陈将军满意地笑了。他从口袋里拿出钱包,往桌上放了一卷钞票。"要是这个还不管用,我就来找你退钱。"他说。

医生满脸堆笑地鞠了个躬。"这可是全老挝最上乘的熊胆汁了。"

他说,"我有很多回头客呢。"

陈将军不耐烦地哼了一声:"如果真有那么好,他们就不用回来了。"

医生再次笑着鞠了个躬,但没有再说什么。我看见他紧咬牙关,生怕自己再说错了话。

陈将军接过长颈瓶,晃动着里面黑绿色的液体:"但愿这次能管用。我可不想告诉你父亲,你根本不适合养熊,还不如继续去当医生。"

我望着陈将军重新走回了阳光明媚的院子里。他既没有尖牙,也没有利爪。我觉得,如果是在丛林里,他既不能跑,也不能打,根本活不下来。但是在这里,就连医生也对他十分畏惧。西服革履的陈将军在城里俨然是一头称霸一方的老虎。

我希望医生也一起离开,但他似乎并不打算走。他抄起铁棍,走进熊舍,对着地面一顿乱打乱敲。我看见他在咬人魔的笼前停了下来,咬人魔仍然昏昏沉沉。当医生朝它挥动铁棍时,我扭过头,走到了外面。这样我就看不见也听不见了。

最后,医生终于从熊舍里走了出来。他满面通红,浑身是汗,太阳穴上青筋凸起。

他哐啷一声把铁棍扔在地上,转身看着我,说:"把这里给我打扫干净!"

他跳上摩托车,呼啸着冲上马路,很快就不见了。

我走进熊舍,心脏怦怦直跳。但愿医生没有拿好运出气。我看见咬人魔正躺在笼子里呻吟。它一只眼睛睁着,另一只闭着,但肿得厉害,因为医生的铁棍打中了这边脸。我拿来水管,用凉水冲洗它红肿的眼眶和口鼻。我把水管轻轻推进它嘴里,希望凉水能为它减轻疼痛。咬人魔伸出舌头,舔了舔从鼻子上流下的水滴。

咬人魔身上有一种不屈不挠的精神。

但它能坚持多久?

这头巨熊还能忍受多少伤痛?

当我走进厨房时,阿康和家人正在吃晚饭。阿康的妈妈看着我洗了手,坐在饭桌旁。她递给我一碗米饭和一盘肉菜。我能感觉到,她正死死地盯着我。难道她看见我把塑料箱搬过了马路?难道她知道我把小熊带了进来,知道现在它正在我房间里抱着奶瓶喝奶?

阿康没有吃饭,而是低头看着自己的碗。

宋太太向前探了探身:"阿丹,医生今天怎么样啊?"

"很好。"我说。

她瞟了一眼阿康:"阿康说今天你差点儿丢掉工作。"

我感到口干舌燥。难道她也准备让我离开?

我看到阿康飞快地扫了我一眼。

"医生人很好。"我说,"他没有开除我。"

阿康的妈妈看了看丈夫,然后对我说:"阿丹,如果你丢掉了饭碗,可以到车库来工作。宋先生会给你找份活儿干,足够你支付日常开支。"

我抬头望着她。"谢谢您。"我说。

她坐回椅子,双手交叠放在膝头,然后看着阿康的哥哥说:"拉米告诉我们,陈将军今天到养熊场来过。"

她的语调看似漫不经心,但我能听出来其中的问题。

"我认得他的汽车。"拉米说,"这种车城里只有一辆,是德国进口的。"

"但配件不好买。"宋先生说,"尤其是他那种开车方式。"

"然后呢?"

"然后……要是车坏了……"宋先生说。

阿康的妈妈摇摇头:"不是说这个。陈将军为什么要来这儿?"

她看着我,但我猜她早就清楚。

"他想买熊胆汁。"我说。

宋太太在围裙上擦了擦手。"那医院里的传闻就是真的了。"她说,"她回到老挝了。"

"谁?"阿康问。

"陈将军的女儿。"宋太太说,"他的独生女。他对女儿视若珍宝,

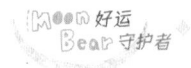

对她就像儿子一样。"

拉米靠了过来,推了我一把:"她长得可不像男孩。她是全老挝最漂亮的女孩,也许是全世界最漂亮的女孩。她已经两次当选节日选美皇后了。"说完,他退回去,微微一笑:"她还天资聪颖,正在俄罗斯攻读学位。"

"不过,"宋太太说,"我听说她得了重病。她在那里接受过治疗,但没有效果,所以陈将军想用其他方法来治。"她看了看我,接着说:"他想要熊胆汁。"

"嗯,我希望她能尽快康复。"我说。

我说的是真心话。我希望咬人魔的胆汁能治好陈将军女儿的病。不知道她到底需要多少。我希望她早日痊愈,不是为了陈将军,而是为了咬人魔和我。要是胆汁不管用怎么办?我见过医生拿黑熊撒气的样子。

谁也不知道他还会做出什么更残忍的事情来。

19
想　家

和阿康玩超声仪的事情过去两个月后，我才敢请求医生让我休息一下。我用从宋先生那里赚来的钱为妈妈买了丝线和布匹，还给自己攒了些钱。我真想回去看看妈妈。

我透过办公室的窗户望着医生。由于生意兴隆，最近他的情绪好多了。当人们听说陈将军的女儿病情好转，他们纷纷想要从医生的养熊场购买胆汁，想要治好肠胃不适、跌打损伤、风寒感冒。他们以为熊胆汁能够包治百病。对有些人来说，熊胆汁是一种补品，能为他们带来好运，他们甚至在婚礼上就着米酒喝下去。医生把狭小的办公室改造成了商店。有时候，还有游客乘坐小型巴士，带着相机来到这里，想要跟熊合影。医生允许他们拿着长棍，用棍子的末端喂它们水果。他最喜欢戏弄咬人魔，好让它大发雷霆，展示威力。人们对咬人魔很感兴趣。它的胆汁也卖得最贵。医生甚至在有些瓶子上贴上咬人魔的名字，但我怀疑里面装的不都是它的胆汁。

人们也喜欢跟好运合影。两个月前,它还是一只长着肥胖肚腩和粗短四肢,在地上缓缓蠕动的熊崽。而现在,它已经变成了一头体形偏瘦的幼熊。我可以隐约看出它将来的样子。我不能再让它住在房间里,它总是想去啃我的床和床垫,并撕扯我买给妈妈的布匹。但我也不想把它独自关在养熊场的笼子里。它会把爪子伸到栏杆外,发出凄切的吼声,或者快快不乐地背对我卧着,吮吸自己的爪子。

当我打扫熊舍、给其他熊喂食时,我会把它从笼子里放出来。它喜欢跟着我来回转悠,把爪子放在笼子上,闻一闻其他熊的味道。但我发现,它从来不敢靠近咬人魔。为了训练它,我从超市买来了蜜饯坚果。我可以让它坐着、卧倒,或者原地不动,还可以让它用后腿站立。我可以让它咆哮、龇牙咧嘴,或者朝前方拍拍熊爪。而它做这些,只是为了能够吃到蜜饯坚果。

渐渐地,它终于可以和其他熊吃同样的食物。我感到如释重负,因为奶粉的价格越来越贵。只有到了晚上,我才会给它喂奶。接着,它会蜷缩在我身旁,想要爬上我的膝头。但现在,它已经差不多和我一般重了。喝奶的时候,它会小声哼哼,这种声音只有幼熊才有。它的皮毛很有光泽,头顶和耳朵周围的皮毛尤其柔软。当它用后腿站立时,它能够到我的胸口。它变得越来越结实,比看起来的更加强壮。每当有游客造访,它就会设法吸引人们的注意力,为的是能吃到水果和坚果。它允许人们把手伸进栏杆,抚摸它的皮毛,为它挠痒,用手喂它水果。

"你们看，"医生对一群游客说，"这头小熊是个孤儿，当初有人把它带给了我。看看现在它有多强壮和健康！是我救了它一命。"

我退到后面，静静地观望。我不喜欢医生或者游客喂它东西，也不喜欢他们站在那里围观、对它戳来戳去，或者像逗弄小孩儿一样逗弄它。他们看到的只是一头幼熊，却看不到它因为长期卧在栏杆上肘部和后腿磨出的伤。他们看不到熊妈妈的孩子腹部肿胀，每喘一口气都呻吟不止，也看不到黑熊淌着鲜血的牙龈，以及口中被敲断和锉平的牙齿。他们只看到自己想要看到的，然后转身离去，很快把它们忘掉。

我跟着医生和游客来到办公室。医生在这里出售瓶装的熊胆汁，还有熊胆片和熊胆粉。这个旅行团人数较多，共有十二名日本游客。他们乘坐的小型巴士一侧印有老挝的图片——连绵的群山、金碧辉煌的庙宇和佛像。我望着他们返回车中，带着熊胆汁离去。他们准备把它当成一种补品，带回家乡。

天空中乌云低垂，浓云密布，大雨即将来临。尽管夜幕尚未降临，汽车纷纷打开车头灯，街灯也亮了起来。我靠在门上，看见医生正笑眯眯地清点手中的钞票。我敲敲门，他抬头看了看我。

"今天的游客很喜欢黑熊。"他说，"拿着，你干得不错。"他把一美元塞进我的上衣口袋："拿着，看我多大方。"

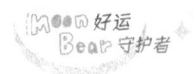

"谢谢。"说完,我仍然面朝他站着。如果现在不说,以后恐怕再也没有机会了,我已经很久没见过他心情这么好了。

"我想家了。"我说。

医生抬起头。

"也许我可以请几天假,回去看看他们。"我说,然后开始变得语无伦次,"只看看妈妈和我的妹妹们就行。不会耽误太长时间。"

医生的脸色沉了下来。他转过脸去:"我们这里很忙,山里人。"

"最多两天。我不在的时候,也许阿桑可以帮我喂熊。"

医生用手指敲了敲桌面。他皱起了眉头:"你有钱吗?"

尽管天气炎热,我的手却又冷又湿。我不想让他知道,我从阿康父亲那里也赚着钱。"也许我可以用你准备寄给我妈妈的钱,哪怕只用一点儿,当作回家的旅费。"我说。

医生深吸一口气,然后慢慢呼了出来:"你知道回家一趟得多少钱吗?"

我摇摇头。

"你知道一袋大米多少钱吗?"

"不知道。"我说,"可是……"

医生严厉地看着我:"那我建议你留在这里,继续工作,好让你的家人能够糊口。"他站起身,脸上笑意全无。"还有,"他把钥匙插进摩托车,"我准备再买几头熊。这里很快会更忙的。"

我望着医生离开院子,车轮驶过,沙砾四溅。我推开滑门,冲进熊舍,然后砰的一声把门关上。我猛地打开好运的笼子,它伸出两只巨大的前爪搭在我的肩头。我一把推开了它,走到一边。但它跟着我过来,拱了拱我的口袋,想要看看里面有没有蜜饯坚果。我再次推开了它。它只好到其他铁笼下面转悠,寻找游客投掷的食物。其他几头熊因为事先服用了镇静剂,再加上气候炎热,所以都悄无声息。头顶上,雨滴开始在铁皮屋顶滴答作响。这种声音似乎能让黑熊安静下来。咬人魔抬头仰望,一边聆听着雨声,一边咂着嘴唇。我靠着好运的笼子,慢慢坐了下来,然后闭上了眼睛。我想起了山里的大雨,雷声在屋顶轰隆作响,把涓涓细流汇成了湍急的大河。我想起了妈妈。她是否栽好了水稻,或者种上了蔬菜?她是否还住在原来的房屋里?我已经很久没有见过她了。

我还想起了好运。我曾经向它保证,一定要把它带回家乡。如果连我自己都回不去,又怎能让它重返森林?雨水从滴答声逐渐变成了噼里啪啦的声音,然后从滑门底下流入屋内,带进了红色的泥浆。雨水敲击着屋顶,雨势越来越猛,让我无法思考。我掩住耳朵,把头埋进膝间。我想不出怎样才能离开这里。就像好运和其他黑熊一样,我仿佛身陷牢笼。

大雨来得快,去得也快。

突然,我听到了一声尖厉的叫声,声音里充满恐惧。

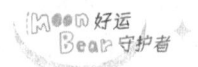

"阿丹!"

又是一声尖叫。

我转过身,看见在滑门旁边,阿康仰面朝天躺在地上。好运正站在他身上,用爪子按住了他的肩膀,张开大嘴,朝阿康的脸拱了过去。

20
阿康的提议

"好运!"我厉声喊道,然后赶紧跑过去,一边拍手,一边挥动胳膊,"好运!走开!快走开!"

好运垂下脑袋,从阿康身上下来。

"呵!呵!"我边喊边冲它摆手。

好运用后腿站立,向后退了几步。我压低胳膊,它立即蹲坐在地上。我拍了拍地面,它听话地卧了下来,耷拉着脑袋,把耳朵贴到后面。我从口袋里翻出几个蜜饯坚果撒在地上,然后转过身看着阿康。

阿康向后爬了几步,用后背紧贴着滑门。在他额头上,一道鲜血从眼睛正上方的伤口里淌了下来。他瞠目结舌,隔着我向好运望去。

我蹲在他的身旁:"阿康!"

他还是盯着好运。

"阿康!你能听见我说话吗?"我摇了摇他的胳膊,"你没事吧?"

他扭头看着我。"熊……"他说。

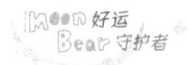

"对不起,阿康。我不知道你进来了……"

"熊……"他又说了一遍。

"你的脸……它把你抓流血了。"

阿康摸了摸头上的伤口,看着手上的鲜血,然后略带诧异地挑了挑眉毛。

好运向前凑了凑。它拱了拱我的口袋,接着开始闻阿康的脚。

我举起胳膊,冲它喊道:"坐起来,好运。坐起来!"

好运重新蹲坐在地上,但不情愿地咕哝了一声,好像我妨碍了它的乐趣一样。

我再次扭头看着阿康,而他看看我,又看看熊,脸上满是惊异。

"没事了,阿康。"我说,"我不会让它再碰你。"

阿康抓住我的胳膊,把我拽到身旁。"这头熊……"他说。

"让我把它关好。"我尽量用平静缓慢的语调说,"然后送你回家。"

阿康又拽了拽我,摇摇头:"不用!不用!你不懂。"他扭头看着我。"这头熊……"说到这里,他脸上的笑意扩散开来,"这头熊会让你赚大钱的。"

我把阿康推开:"你说什么?"

阿康挣扎着站起身,指着好运:"它会按照你说的去做!"

"那又怎样?"

"你不知道……"阿康说,"自从那个独眼男人的熊误食老鼠药死了以后,城里再也没有会跳舞的熊了。"

"阿康!"这一次,轮到我把他拽过来,面对着我,"你说的这是哪儿跟哪儿呀?"

阿康在我眼前拍了拍手,然后大笑起来:"醒醒吧,阿丹!听着!我小时候,有个男人经常在寺庙和博物馆外坐着,指挥他的熊为游客跳舞。为了跟熊合影,他们愿意出大价钱呢。"

我皱了皱眉:"那你的意思是说,我们把好运带到镇上,让人们跟它合影?"

阿康朝我背上拍了一把:"对呀!"

我伸开腿,用脚趾挠了挠好运的耳朵后面,它立即四脚朝天,开始舔我的脚趾。我想起了参观养熊场的游客,他们喜欢指着黑熊们笑闹,我可不想让他们这样对待好运。

"我不知道。"我说,"而且……我不清楚它跟陌生人在一起时是什么样,它都把你抓流血了。"

阿康摸了摸脑袋。"它又没有咬我。"他说,"它把我推翻了,我撞到地上,才磕破了头。"

我盯着他头上的肿块:"就算是这样,我们怎么才能把它带到市中心?总不能带着一头熊去坐嘟嘟车吧。"

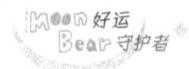

阿康站起身，绕着好运走了几圈："我们不用坐嘟嘟车，可以用我在家干活儿时用的三轮车和手推车。它刚好能坐下。"

我盯着他。

"还有……"阿康接着说，"我们是合作伙伴，所以得二一添作五，对半分。我负责把我们带进城，还有收钱。你负责管好熊。"

"要是医生发现了怎么办？"我问。

阿康搓了搓脸。"你得冒这个险。"他说，"你不是说过，医生周末不在吗？我们只在周末出去好了。"

"我会丢掉工作的。"我说。

"我爸说过，他可以给你工作。"

我把双手插进头发。

阿康摊开手："想想钱吧，阿丹！要是有了钱，你想干什么？"

我离开阿康，在角落里踱来踱去。好运爬了起来，笨重地跟在后面，用鼻子拱我的手。它的脚爪在水泥地上发出咔嗒咔嗒的声音。我跪下身，把脸埋进它的皮毛里。我不想让别人盯着它看，但阿康也许是对的，如果能够多赚些钱，我就可以付得起回家的路费，或许还能给妈妈买更多丝线，为苏丽和阿美扯上几尺花布。如果我们只在周末出去，医生根本不会知道。也许我还可以设法让好运返回森林。我绕着它空空的笼子转了几圈。

这也许可行。

这也许可行。

这也许可行。

我看了看两排黑熊。阿华正吮吸栏杆,不停地舔着一个地方。熊妈妈的幼崽晃着脑袋,总是碰到铁笼上。好运靠在我身上,它已经长成了一头大熊。再过几个月,我也许就控制不住它了。用不了多久,医生就会开始取它的胆汁。到时候,我会失去好运。它的命运会和其他熊一样,被关在笼子里,动弹不得。它将再也见不到森林,感觉不到下雨,接触不到脚下的大地。它将成为一头采胆熊,从此了无生趣。

我闭上眼,想要驱散这些念头,但它紧靠着栏杆的画面在我脑海中挥之不去。

也许我别无选择。

我走回阿康身边。他正站在那里,双手抱在胸前。"怎么样?"他问。

我摸了摸好运的脑袋。"好吧,阿康。"我说,"我们什么时候开始?"

21
带好运赚钱

当阿康骑着三轮车在车流中穿行时,我从背后紧紧抱着他。清晨的阳光有些刺眼,照在汽车顶篷和车窗上闪闪发光。三轮车后的拖车是用一张旧木床做的,下面安有轮轴。幸运的是,通往市中心的道路十分平坦。好运的身躯很沉,有时候它在拖车里一个趔趄,拖车就会倾斜。我听见它一直在抓挠拖车的顶盖,于是扭过头,看到它正把鼻尖和爪子挤进板条的缝隙间。它一定是吃光了我放在里面的所有甜瓜。

"我们先到湄公河附近的一座小庙碰碰运气。"阿康冲坐在后面的我喊道。快到十字路口时,他加快了速度。我看见他后脖子上汗涔涔的,衬衫都湿了。"就在咖啡店和面包店附近。那里的游客人山人海。"他说。

"不远了吧?"我冲他喊道,"好运不喜欢老待在拖车里。"

"还有五条街呢,不过也快了。"

我紧紧抱着他,身边不时有汽车、货车和嘟嘟车呼啸而过。要是我们被撞翻,好运跑了出来,我想都不敢想会发生什么。

"到了。"阿康说。

在湛蓝的天空下,这座寺庙倾斜的房顶呈现出火一般的红色。几群老外正站在寺庙前的广场上。

阿康把三轮车停在面包店后的一条巷子里。空气中飘来了面包和咖啡温暖香甜的味道,其中还混杂着庙里传来的浓烈的檀香味。

阿康气喘吁吁地靠在墙上:"吃过巧克力羊角面包吗?"

我摇摇头。

他笑了起来:"如果今天赚的钱多,我给你买一个。要是这辈子没吃过菲利普夫人做的巧克力羊角面包,你算是白活了。"

我看见他身后有三个老外,正围坐在咖啡店遮阳篷下的一张餐桌旁。他们旁边停着三辆大型人力车。其中两个男人穿着T恤和短裤,约莫二十岁,都留着胡子,头发也乱蓬蓬的。和他们在一起的是个女人,穿着背心和短裙。其中一名男子把双脚搭在桌上,我看到他的鞋底上都是泥。这场景要是被妈妈看到,她一定会惊讶不已。

"背包客。"阿康说,然后皱了皱鼻子,"很可能是英国人,但也可能是德国人。"

我望着那个女人把一大勺果酱抹在羊角面包上。

阿康靠了过来。"他们喜欢一个跟着一个,就像山羊一样。"他笑

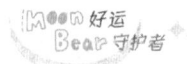

道,"他们常说自己没钱,但是为了喝酒,他们一个晚上就能花掉一个月的薪水。我觉得从他们身上赚不了多少钱。"

好运又在拖车里乱抓。里面越来越热,它开始烦躁不安。我不知道把它放到外面会是什么样。我还用绳子给它做了一个护具,就像过去爷爷给水牛做的护具一样。爷爷说,如果你能控制住野兽的头,你就能控制住这头野兽。现在好运已经非常强壮,我知道,如果它想要逃跑,我很可能管不住它。就算它并不挣扎,我也只能勉强控制住它。我从口袋里掏出一些蜜饯坚果,从板条缝隙丢了进去。

阿康又推了我一把:"他们就是我们需要的主顾。"

我顺着他的眼神,朝马路对面望去。寺庙前有一座红砖铺成的广场,广场上有一小群头发灰白的老外,正朝寺庙走去。他们身穿短袖衬衫和棉质长裤,每个人都拿着相机,背着小背包,白色的皮肤被阳光晒得通红。

"很可能是美国人。"阿康说,"他们有的是钱,而且对轰炸感到内疚,所以往往会多给我们钱。"

我深吸一口气,从拖车里伸出手:"是他们投掷的炸弹?"

阿康盯着我:"你听说过炸弹的事情吗?"

"我父亲就是被炸死的。"我说。我把头靠在拖车上,感到一阵恶心和眩晕。好运从板条里伸出鼻子,嗅了嗅我的头发。接着,它又伸出长长的粉色舌头,舔了舔我的脸。

阿康把手放在我肩膀上。"对不起。"他说。

我抬头望着他。

"我不知道这事。"他皱了皱眉,"我还以为……"

我没有说话。

阿康拨了拨头发:"那什么,有人告诉我们说,你家孩子太多,他们养活不了你。"

"爸爸不在了。"我说,"医生把我的工钱寄给妈妈和妹妹们。只有这样,她们才能糊口,有个住的地方。"

阿康呆呆地望着我,仿佛这是他第一次看到我。

"来吧。"我说,"要是再不让好运出来,它会把拖车撕成两半的。"

"你想家吗?"

我想起了爷爷和爸爸,想起了妈妈和妹妹们,还有森林里的小径和群山间的老家。"一直在想。"我说。

我从口袋里摸出几块蜜饯坚果,打开拖车上的挂钩。好运用鼻子拱开盖子。我把护具套在它头上,把它拉了出来。它用后腿站立,一边在烈日下眨着眼睛,一边嗅着四周陌生的气味。

它已经有五个月大,体重和一袋五十斤的大米差不多,但大米可没有尖牙利爪。它喜欢轻轻地咬我的脚踝。每当这时,我只好使劲拍它一下,让它走开。我想,它妈妈大概也会这样对它。

阿康带我穿过马路,我们坐在寺庙对面广场上的一堵矮墙上。我

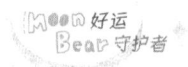

看到,人们纷纷把目光投了过来。

好运睁大眼睛,紧紧抱着我,打量着周围形形色色的人们。它爬上我的膝头,抱住我的脖子,开始在我耳边小声哼哼。

"不要紧。"我说,"没事的。"

阿康推了推我:"让它跳舞呀。"

"它可不会跳舞。"我说。

"来吧,那就让它站起来走走。"

我站起身,从口袋里掏出几根拐棍儿糖。"呵,好运。"我说,"呵,呵。"

好运用后腿站了起来。我退后几步,手里举着糖果。好运跟着我向前走了几步,同时上下挥动着爪子。它立着圆圆的耳朵,吐出长长的舌头,想要够到糖果。

我转过身,只见我们旁边已经聚集了一小群人,有人举起相机,正准备拍照。阿康挡在我前面。

"照一张一美元。"阿康喊道,"可以跟小熊合影。"

一位女士走上前来。她向阿康手中塞了几张钞票,过来站在我旁边。我看了看好运,不知道它会作何反应,它从来没有距离陌生人这么近过。要是它张嘴咬人,我们俩的麻烦可就大了。我递给她一根拐棍儿糖,让她喂好运。她一边伸出胳膊搂着好运,一边喂它吃糖。她的丈夫趁机用相机拍下了照片。好运闻闻她的手,继续拉扯着她的衣袖和手提包上的皮带。

"还有人吗？"阿康一边对着人群喊，一边带领那位女士离开，"还有人想要跟熊合影吗？"

"三十美元！"阿康说，"如假包换的美元！"

我们坐在养熊场的水泥地上。好运把头枕在我膝盖上，已经睡着了。在睡梦中，它抽搐了几下，然后舔了舔嘴唇。

阿康手里拿着一个袋子，里面装有两个巧克力羊角面包，但他还是目不转睛地盯着钞票："好运果真名副其实。它给我们带来了好运。"

"一人一半，你说好的。"我提醒他。

阿康点点头。他数了数钱，然后分成两摞。

"还要分给好运一些。"我说。

阿康抬起头："给好运？"

"给它买拐棍儿糖和蜜饯坚果，要不它就不听我的了。"

阿康点头应允："我觉得有道理。"他又分出一摞钞票。"买拐棍儿糖的钱。"他说。

我拿起自己的那摞钞票。我生平还没有赚过这么多钱。

"你准备怎么花呢？"阿康问。

我点了点手里的钞票："带回家。我会放起来，回家交给妈妈。"我

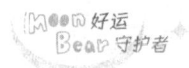

想,这下可以给妈妈买丝线了。也许妹妹们就能上得起学了,我也能回村看看她们。"你准备怎么花呢?"我问。

阿康卷起钞票,塞进口袋。"我会用这些去赚更多钱。"他笑道,"这就是钱的用处。你得让它增值。"

我打了个哈欠,把腿伸到前面,然后咬了一口羊角面包,慢慢咀嚼起来。

"下个星期六,"阿康说,"我们再去一次吧。"

"好呀。"说着,我又打了个哈欠。

阿康也咬了一口面包:"喜欢吗?"

我点点头,又吃了一口。

阿康擦掉嘴角的巧克力屑:"我爸说,蛋糕和点心是法国人给老挝带来的最好的东西。"

我满嘴都是香甜松软的面包,巧克力屑撒到了胸前。好运突然醒了过来,开始在我身上拱来拱去,舔着面包渣。

阿康揉了揉鼻子:"我想,要是你教给好运一些把戏,我们会赚到更多钱。"

"什么样的把戏?"

"不知道。也许它可以跟着音乐起舞?或者你指挥它钻铁环?"

我皱了皱眉:"它可不会为了赚钱跳舞。它不是那种熊。"

"得了吧,阿丹,今天它多高兴呀。"

"它高兴是因为有糖吃。"我说。

"所有人都喜欢它。"阿康说着,捏了捏我的脸颊,"他们也喜欢你。"

我对他沉下脸。

"是真的。尤其是那些美国人,可喜欢你啦。那个留着'爆炸头'的女人出了双倍的价钱呢。"

"行了。"我厉声说,"我这么做,只是为了赚钱回家。"

阿康吃完最后一口羊角面包,看了看我。"我为你爸爸的事情感到难过,真的。"说完,他露出一丝笑容,"但你知道,要是你被炸掉了一只胳膊或者一条腿,那些美国人会付给你更多钱的。赎罪钱。也许我们可以把你的腿或者其他哪个地方包扎起来?"

我站起身,把好运拖进笼子里。

阿康也起身准备离开。他拍了拍我的肩膀:"别告诉我你不是这样的人。"

夜里,我躺在床上,盯着高高的窗子。外面的天色已经暗了下来,但我不想开灯,我不想任何人看见我手里的钞票。只有阿康清楚这事,但我知道他不会说出去的。要是宋太太发现了,她一定会阻止阿康新的赚钱计划。

我不能把钱藏在床底下,也不能随身携带。我打开小衣柜,拿出

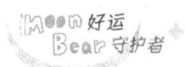

空蜂蜜罐,然后拧开盖子,把钱塞了进去。接着,我站到桌上,把罐子放在砖墙和瓦楞铁板屋顶之间的缝隙里。这个地方从地上根本看不见,除非有人搜查房间。眼下,这里应该是最安全的地方。

我躺回床上,看着渐渐升起的一弯新月。此前我一直不敢想象的事情,现在仿佛有了希望。为了好运,也为了我,但愿我能够找到办法,让我们重返家乡。

22

自　由

当陈将军的汽车呼啸着驶进养熊场时,我正在打扫院子。他下了车,掸了掸裤子上的褶皱:"我来买熊胆汁。"

我四下望去,竟然希望医生赶快出现。"医生还没来。不过我可以到办公室里,为您拿几瓶熊胆汁。"我说。

陈将军盯着我看了一会儿,然后看了看手表:"他什么时候来?"

"马上,"我说,"马上就来。"

时值正午,天气炎热。陈将军的脸上淌下一道汗水。

"您要不要到办公室里等着?"我问。

陈将军转过脸:"我到车里去等。"司机为他拉开车门,我只觉得一阵冷气突然吹到脸上。我看见后座上坐着两个人,一男一女。

陈将军上了车,司机又关上门,院子里只剩下发动机的轰鸣声。

我返回熊舍。我已经清扫过笼子,用水冲洗了黑熊。按照医生的要求,我没有喂它们任何东西,因为这样它们才能分泌更多胆汁。

这是我最痛恨的时间。我知道,医生就快到了。我感到一阵恐惧。我也能感到黑熊的恐惧。它们在笼子中踱来踱去,焦躁不安。我沿着中间的过道,和它们一起踱来踱去,数着排水沟上的隔板。一、二、三、四……转身……一、二、三、四……再转身。黑熊望着我。好运把爪子伸出栏杆,每当我经过时,它就想拍拍我。

一、二、三、四……

转身。

一、二……

"你好!"

我抬起头。我没有听见有人进了熊舍。汽车里的一男一女就站在门口,但外面光线强烈,我只能看到他们的轮廓。

其中的一个女孩走上前来:"你好,我叫萨瓦。"

我目不转睛地望着她。

我猜她十六七岁,但比同龄人看起来更加瘦小。她穿着白色的T恤和牛仔裤,头上还扎着一条丝巾,从脑后垂下来,看起来就像一绺金发。她皮肤白皙,像月光一般皎洁。如果这就是陈将军的女儿,那看来人们的传说是真的。她很美,简直太美了,妈妈见到她一定会说,她之所以会生病,也许是因为天上的神灵看见了她,想让她回到天宫。

她又朝我走了一步:"不知道我们能不能看看熊。"

我环顾四周,没有看到陈将军。我猜他大概仍在车里。

那个男孩也走进了熊舍。他看起来比萨瓦年纪稍长,穿着皮衣和牛仔裤,一头黑发直挺挺的,就像一个个尖锥一样。他摘掉墨镜,四下打量。

"这是我的朋友,塔林。"萨瓦说。

塔林没有看我,而是皱了皱鼻子,转向萨瓦:"你还是别来这儿了,好吗?"

萨瓦看着我,微微一笑。"能让我们看看吗?"她问,"我们能看看熊吗?"

我点点头。"不过得当心它。"我指着咬人魔说,"不要把手伸进去。"

我看着萨瓦和塔林沿过道走去。塔林一直在看自己的鞋,时不时地检查一下鞋底,以免白色的运动鞋沾上灰尘。他又皱了皱鼻子,然后看着手表说:"我们还得等多久?"

萨瓦在熊妈妈幼崽的笼前停了下来,扭脸看着我。"我父亲也有一座小型动物园。"她说,"他从森林里救下了许多失去父母的动物,有小鸟、长臂猿和小鹿,甚至还有一头金猫。"她微笑着说:"我最喜欢的是让-保罗。"

"让-保罗?"我问。

"让-保罗是一头年纪很大的老虎,已经没有牙了。"她看着熊妈妈的幼崽正左右摇晃脑袋,"让-保罗喜欢在围场里踱来踱去。它走得

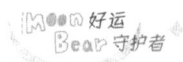

很快,爪子在地上挖出了许多深沟。"

塔林走到一边,盯着笼子。

"我总是为让-保罗感到难过。"萨瓦说,"我一直以为它想要自由。"她笑吟吟地望着我:"但是有一天,园丁忘了关笼门,它竟然没有逃走,而只是在打开的笼门旁边走来走去。"说到这里,她莞尔一笑:"我爸爸说,让-保罗想要自由,但又害怕获得自由,还是待在笼子里有吃有喝更轻松。"

我盯着熊妈妈的幼崽,它还在摇晃着脑袋。

"你怎么看?"她问我,"你觉得它想要自由吗?"

我耸耸肩:"也许它不知道哪里有自由。"

萨瓦扭头看着我。她张开嘴,似乎想要说什么,但又转身望向黑熊。她沿着过道走去,经过杰姆和杰普,来到咬人魔的笼前。"你怎么把它们带到外面的围场?"她问。

"你指的是什么?"我问。

"就是它们舒展四肢、嬉戏玩乐的地方。我们有一头日熊,它就有一座花园,花园里还有池塘,可以让它在里面游泳。"

我盯着紧贴在栏杆上的咬人魔。"就在这里。"我说,"它们一天到晚就待在这里。"

萨瓦转过身,瞪大眼睛看着我:"一天到晚?"

"一天到晚。"我说。

萨瓦凝视着这两排黑熊:"我没想到是这个样子。"

我从她身边走开,但她跟着我来到好运的笼前。好运嗅了嗅空气,把前爪伸出栏杆外。

塔林站在那里,朝里面看了看,但小心翼翼的,唯恐皮衣挨到栏杆。

萨瓦笑逐颜开:"这还是一个熊宝宝呀。"

"它只有五个月。"我说。

萨瓦伸手搔了搔它的耳朵:"看哪,塔林,它可真友善。"

塔林走到我们中间。他紧紧盯着我,开始上下打量:"我听说上个星期,镇上来了两个男孩和一头会跳舞的小熊,就在菲利普的店外,为老外们跳舞。"

我顿时感到口干舌燥。我直勾勾地看着铁栏杆,用手指摸着上面红色的铁锈痕迹。

塔林探身向前:"不会是你吧?"

我的呼吸变得急促起来。"这些都是取胆用的熊。"我说,"根本不会跳舞。"

萨瓦看了看塔林和我,笑着把他推到一边:"你喜欢跳舞,塔林。也许你可以和它们一起跳呢。"

塔林一脸怒容,重新戴上墨镜。我不清楚他是否还在看着我,也许这正是他想要的效果。"快看,萨瓦。"他说,"你父亲来了。"

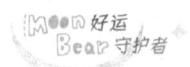

萨瓦朝我身后望去,只见她的父亲、医生和阿桑走了过来。

熊妈妈的幼崽发出一声呜咽,紧紧靠在笼子后面的角落里。其他黑熊也开始发出凄切的哀鸣,在笼子里走来走去。

萨瓦拽了拽我的胳膊:"它叫什么名字?"

我扭头看着她:"谁?"

"这头小熊!它叫什么?"

"好运。"我说。

萨瓦把手伸进栏杆,开始抚摸好运背上的皮毛。我看到她的目光从铁笼光秃秃的栏杆移到了坚硬的水泥地面上。萨瓦摸了摸它耳后柔软的皮毛,然后弯下腰。"好运,"她小声说,"我祝你永远好运。"

萨瓦和她的父亲以及塔林离开后,我开始打扫院子。为了萨瓦,陈将军想要买到最新鲜的熊胆汁。我听见他告诉医生,她的病情再次恶化,她必须服用刚刚从熊身上提取的胆汁。

我把院子上上下下扫了个干净。大门敞开着。每次经过大门时,我都会想起让-保罗。它选择不要自由。为什么?是害怕了吗?难道自由只是一个念头、一种想法、一种感受?也许它根本不知道什么是自由。我敢肯定,咬人魔一定知道。它正在自己脑海里的群山间踱步,茂密的森林深藏在它的眼睛里。但熊妈妈的孩子呢?它是在笼子里出生的。自由对它来说,是否只是内心某种不安的情绪?我想起了野猪和野鹿。我们的祖先捉住了它们,也从它们身上懂得了什么是自由。

而村里家养的猪和水牛从未想过逃走，笼子和畜栏成了它们的避风港。也许人的身上也会发生同样的事情。爷爷曾经说过，我们出卖了自由。也许这就是爷爷的用意。

我想，或许我应该尽快逃走，免得时间久了，我也会忘记什么是自由。

23
新把戏

在接下来的一个月里,阿康和我形成了规律。我们会在一大早带着好运出发,骑三轮车来到事先选好的地点。我们经常变换地点,以免萨瓦的朋友看见我们。但菲利普夫人的店外始终是最佳场地,游客们喜欢一边在酒吧和餐馆吃东西,一边观看我们在马路对面的广场上表演。

我还教了好运一些新把戏。阿康说服我让好运穿上衣服,虽然我讨厌这样,但游客们似乎很喜欢。阿康为好运买来一条裙子和一顶头巾,好运甚至还允许我在它头上架副墨镜。它会噘起嘴唇,伸出舌头,从我手里要花生吃。

"我看,"阿康说,"今天我们还去菲利普那儿吧。那里有个庆祝活动,市中心肯定人山人海。"

我跟在他旁边,一路跑了过去。一个月来,好运又长大了许多。它已经差不多六个月大了。它刚刚发现自己可以利用体重上的优势把我推到一边。我怀疑用不了多久,我们就不能再带它到镇上来了。

阿康把车停在菲利普店后的小巷里。菲利普夫人看到我们后,为我们送来了刚出炉的巧克力和杏仁羊角面包。面包拿在手里热乎乎的,还有些黏黏的。

她把面包的碎屑撒进好运的拖车里:"你们今天到我这儿来啦?"

阿康咧嘴一笑:"这是我们最喜欢的地方。"

菲利普夫人靠在墙上,点燃一支烟。她年纪很大,长着满头白发和老外那种典型的大眼睛、高鼻梁。她总是穿着彩色的长裙,系着丝巾,涂着鲜红的唇膏。阿康告诉我,她的祖父是一位法国外交官,所以她自认为是法国人。有时候,她一天到晚只说法语。今天是个例外。

"你们应该每天都来。"她说,"消息早就传开了。老外们都想看看菲利普夫人家会跳舞的熊。"

阿康又咬了一口羊角面包。"您就等着看我们的新把戏吧。"他咧嘴一笑,然后推了推我,"说吧,阿丹,你来告诉她。"

我摇了摇头,把羊角面包上的杏仁拣了出来。

阿康凑近她说:"今天您会第一次看到——'酒吧里的法国女士'。"

菲利普夫人抽了一口烟,让烟雾缓缓从鼻腔里喷出:"是吗?"

阿康点点头。"看哪,这些都是给熊穿的。"他打开肩膀上的挎包,"也许我们还得给这位法国女士借一张桌子和一把椅子。"

菲利普夫人朝包里瞟了一眼，然后仰面大笑："我可等不及要看了。"

阿康和我等着，有越来越多游客聚集在广场上。我给好运买了一袋橘子汁冰块，撕开包装，让它吮吸甜甜的冰块。它边用前爪捧着边舔，把冰块嚼得嘎吱嘎吱作响。

"看哪！"阿康说，"来了一车游客呢。"

他从菲利普夫人那里拿来一张塑料桌子和一把椅子。我们带着好运走入车流。我紧紧拽着它头上的护具，因为一闻到糖果和面包的香味，它还是想退回菲利普夫人的店外。

老外们从长途客车上鱼贯而出，拥向广场。有些人开始为寺庙拍照，但我看见，也有人指着好运。

阿康在广场正中摆好桌椅，把他从家里拿来的CD机放在地上。法式咖啡厅的音乐在我们四周飘荡，外国乐器的声音听起来怪怪的，里面还有一个女人的声音。

"她简直就像一只被人掐住了脖子的小鸡。"我说。

阿康凑到我跟前说："这可是法国著名女歌手伊迪丝。菲利普夫人最喜欢听她的歌了。"老外们在我们周围呈半圆形散开。我拍拍手，让好运站起来。它一边用后腿站立，一边上下摆动前爪。我打开挎包，把衣服摆在地上。

好运四脚着地，伸着鼻子闻了闻衣服，然后一件一件交给我。作为奖励,每次我都会递给它几颗糖衣花生。在此之前,我们一直没有喂它东西,只有这样,它才会乐意配合。我给它穿上裙子,戴上围巾和一顶大号的宽檐软帽。它老老实实地让我把围巾绕在脖子上,甚至还用嘴帮我拽了过来。

我不喜欢把它打扮成这样,这是阿康的主意。他说,独眼男人会给他的黑熊穿上国王的服装,让它跟着曲子的节奏跳舞。

我用余光看到,四周聚集了越来越多的看客,其中不只老外,还有不少当地人。他们都想看看,这头熊究竟有多大本事。

"呵!"当好运穿上飘逸的裙子、戴好软帽后,我让它站了起来。人们哄堂大笑,纷纷开始拍照。阿康绕场一周,用手里的帽子收钱。我尽量不看他们,而是聚精会神地看着好运。它跟着我来到桌椅旁边,我拍了拍椅子,示意它上去。但它刚爬上去,椅子就向后倒去,它就势一滚,裙子飞到头顶,露出了后背。它挠了挠屁股,人们又是拍手又是大笑,但好运并不介意。我扶起椅子,它再次爬了上去,拱着我的手心要花生吃。它端坐在那里,就像一头衣着入时的法国熊,而且是法国母熊。

接着,我开始表演下半场。我向桌上扔了一块台布,好运用爪子拍了拍台布,发出一声号叫。人们再次开怀大笑。我让它闻了闻手里的花生,然后在桌上摆了一个塑料瓶,假装向里面倒水。但好运抢过塑料瓶,像小时候喝奶那样,用前爪把着瓶子,把里面的橘子汁一饮

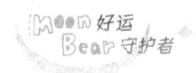

而尽。

人群中顿时爆发出阵阵掌声和喝彩声。我听见阿康开始招呼人们过来合影。有些人前来拍照,也有人纷纷向帽子里丢钱。但我手里没了食物,好运变得不耐烦起来。我看见它想要扯掉身上的衣服,只听刺啦一声,裙子上立即出现了一道口子。

阿康推了我一把:"看见没有,又来了一个旅行团。今天我们要发财了。"

"不行。"我说,"今天它表演够了。"我脱掉好运身上的衣裙,它趁机把爪子伸进我的口袋,想要摸出袋装花生。

"就再表演一场。"阿康说。

"不行,今天就到这儿了。"

阿康捡起帽子,对我怒目而视。但我还是牵着好运,准备返回马路对面。

菲利普夫人冲我们挥了挥手。"留下吧!"她喊道,"我的顾客还没看够呢。"

我没有停步,而是穿过马路,来到停着三轮车和拖车的巷子里。我扭头看了看阿康,只见他把桌子搬了回来,正和菲利普夫人交谈。我向拖车里扔了几块蜜饯坚果,哄它上了拖车,把头埋进它柔软的皮毛里。

好运拱了拱我的手,又嗅了嗅我的头发。

我盖上拖车的顶盖,感觉到上面出现了一个人影。"阿康……"我说。

我扭过头。

但这不是阿康。

而是另一个人。

我激动得说不出话来。

"你在这里干什么?"

24
他乡遇故知

"阿糯!"

阿糯也盯着我。他似乎比我印象中要高。他穿着一件白色T恤、一条褪了色的牛仔裤和一双运动鞋,看起来和从前完全不同。

"阿糯,你在这里干什么?"

阿糯绕着拖车走了一圈:"原来你现在在干这个。"

"是呀,不过不止这个。"我说。

阿糯靠在三轮车座上,抱着胳膊,直勾勾地看着我:"看见我有点儿惊讶,对不对?"

我朝他走了一步。"阿糯!"我笑着伸出双臂,"真没想到会在这里遇见你。"

阿糯朝地上吐了一口痰:"我也没想到。我们最后一次听到你的消息时,有人说你去了泰国。"

"什么?"我问。

"泰国。"阿糯说,"当你不再寄钱回来时,有人告诉我们,你辞掉工作去了泰国,消失得无影无踪。"

我的胃里一阵翻涌:"什么时候我没有寄钱回去?"

阿糯眯着眼看了看我:"别假装你不知道。"

"阿糯!"我几乎是在冲他大喊,"你这话是什么意思?"

阿糯站起身,绕着我走了几步:"你妈妈只收到过一次钱,随后我们就听说你不见了。"

"一次钱?"我用头顶着木箱,"你确定吗?"

"她过得很不容易,阿丹。我们其他人也一样。"

我望着阿糯,他的脸色十分冷峻。

"是你离开了我们,阿丹。"他面有愠色,看起来仿佛仍是过去的那个男孩,"是你离开了我。"

"我别无选择,阿糯。"我大声喊道,"但我一直在工作,一直在同一座养熊场。我的老板——医生,说过他会替我把钱寄回家里。"

这时咔嚓一声,阿糯扭过头,原来是好运想用爪子把木箱抓开。

我又说了一遍刚才的话,但内心深处已经明白了事情的真相:"医生说过,他会替我把钱寄回家里。"

"阿丹?"

我扭过头。阿康正站在我身后,一手拿着一袋羊角面包,一手拿着帽子,里面鼓鼓囊囊地装着钞票。

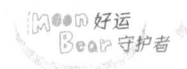

他看着我和阿糯。

"这是阿糯,"我说,"我老家的朋友。"

阿糯瞪了我一眼。

我们看起来根本不像是朋友。

阿康攥紧手里的帽子。

"阿糯,你得相信我。我每天都在工作。每一天!"说着,我转向阿康,"告诉他呀,阿康。"

阿康后退了一步。

我从阿康手里抢过帽子,打开放在阿糯面前。阿康想要阻拦,但是没有来得及。"看吧!"我说,"看吧!"帽子里塞着一大沓钞票,再加上硬币,显得沉甸甸的。

阿糯睁大了眼睛。

"我会把这些钱带回家,带给妈妈、阿美和苏丽。"

阿糯皱了皱眉。

"她们都好吗?"我拉住他的胳膊,"快告诉我,她们都好吗?"

阿糯抽出胳膊:"她们很好。阿美很走运,她大病一场,但挺过来了。"

"什么大病?"

阿糯的嘴角向下垂去:"你走后不久,大雨就带来了一种传染病。"

我没有说什么。一阵微风吹来,一个塑料袋沿着小巷很快飞走。

"死了四个人。"阿糯说,"包括我父亲。"

"你父亲?阿糯,真对不起。"我想要抱抱他,但他只是瞪着我。"那现在谁是村长?"我问。

阿糯呵呵一笑:"我哥呀。你以为会是谁?我爸养的猪都比他强。"

"阿丹。"阿康捅了捅我的腰,"我们得走了。你看,好运越来越不耐烦了。"

我们说话的时候,好运已经扒开了一块木板。

我向阿糯举起手里的钱:"跟我回村里吧。我们带着这些钱,一起回去。我还有更多钱。我可以带回去更多钱。"

阿康一把抓过装着钞票的帽子,塞进挎包。他抬腿上了三轮车,蹬动脚踏,准备离开:"快点儿,阿丹。"

我从他身旁上了车,双手搂着他的腰。

我扭头看着阿糯:"我要去哪儿找你?"

阿糯向后退去。

"你住在哪里?"我喊道。

"在朋友那里。"他说。

"什么朋友?"

"我在城里的朋友。"阿糯说,"我为他们工作。"

阿康蹬动脚踏,三轮车向前冲去。

"来找我吧!"我喊道,"到宋氏汽车公司,来找我吧。"

阿康把车骑到了大街上,街上阳光灿烂。我扭过头,但是已经看不见阿糯了。他好像在躲着我,把自己藏在了小巷深处的阴影中。

我用水管给好运冲洗了一遍,然后盘腿坐在熊舍凉爽的水泥地上。它在笼里摊开四肢,皮毛上滴答滴答淌着水。

阿康把装着钞票的帽子放在我俩之间的地面上。

"我们好像还从来没有赚过这么多。"我说。

阿康把帽子翻过来,硬币如雨点般撒在地上。"你的朋友对钱很感兴趣。"他说。

"他是为家人攒钱。"

阿康耸耸肩:"他可没这么说。"

我瞪了他一眼:"他用不着。他一定会赚很多钱,然后带回家。"

阿康一边数钱,一边把它们分成两堆:"他告诉你他是干什么的,或者在哪儿住了吗?"

"没有。"我感到又闷又热,阿康的问题令人心烦意乱,"他为什么要告诉我?"

阿康停了下来。"听我说,阿丹。"他叹了口气,"城里有很多坏事,也有很多坏人。有些人进城以后,就会迷失自己。"

"阿糯不是这种人。"我说,"他是我的朋友,也是我的家人。"

阿康继续数钱,我失神地盯着我俩面前的钞票。黑熊打起了鼾。在我们头顶上,一只离群的小鸟冲向高高的铁皮屋顶,使劲拍打着翅膀,想要飞出去。

"九十六美元。"他点完了最后几张钞票,"我们要发财了。"

"医生骗了我。"我说。

阿康继续数钱:"如果我们在菲利普夫人那里多待一会儿,我们就能多赚一倍。"

"他骗了我。"我说,"他说会替我寄钱给家里的,但他骗了我。"

阿康叹口气,坐下来看着我:"那你打算怎么办?"

我把手插进头发,向上望去。小鸟一次又一次冲向屋顶,但愿它能飞出去。我无话可说,因为我知道,无论我说什么或者做什么,医生都不会把他欠我的钱还给我。

但我知道我要做什么。我要带好运离开这里。不过,我得先做另外一件事情,而且需要阿康的帮助。

"我得把钱带回家。"我说。

阿康点点头,把其中一堆钱推给我。

"我要把我赚的钱带给妈妈。"

阿康把自己的那份装回帽子里。

"我下周末就可以走。"我说,"我可以周五坐船过河,周日再回来,只要两天时间,医生不会发现的。"

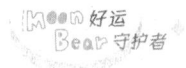

阿康摆弄着帽檐。

"但是那样就没人喂熊了。"我说。

阿康起身准备离开。

"阿康?"我说。

阿康转过身:"好吧,阿丹。就这一次,下不为例。我帮你喂熊。"

"真的?你会帮我吗?"

"我只管喂食物和水。"他说,"不管给它们洗澡。"

"谢谢你,阿康。"我说,我真想抱抱他,"谢谢你。"

我拿起自己的那份钱。我俩都点出几张钞票,作为给好运的奖励。

阿康多拿了几张给好运。"多给它一些。"他说,"它得涨工钱了。"

"涨工钱?"

"难道你没看见,今天那些老外有多喜欢我们的熊女士?"

我笑了起来。虽然我不喜欢给好运穿衣打扮,但它的确引来了人群,他们怎么也看不够。

"所以,"阿康说,"我们得给它买些装饰品……一个小手提包、一条项链,或者再买支口红?"

"口红?"

"是呀。"阿康脸上露出了顽皮的笑容,"想想我们能赚多少钱吧。和好运合影一张一美元,香吻一个十美元!"

25
老友造访

整整一周,我都失魂落魄的。我太想回家了,想要看看妈妈和家人。我又给妈妈买了些丝线,给阿美和苏丽各买了一条裙子,然后把剩下的钱卷起来塞进蜂蜜罐,藏在了墙壁和瓦楞铁皮屋顶之间的缝隙里。罐子里已经塞满了钱。我还从来没有赚过这么多钱。这些钱可以给妈妈买米买肉,甚至可以再买一头水牛。我没有问阿糯,妈妈是否还住在原来的房子里,是否还在耕种村里分给我们的土地。也许我们还可以再买几棵果树和一些蜂箱,按照爸爸的遗愿继续养蜂。我不知道买下好运得多少钱,但我清楚,妈妈更需要这笔钱。我会接着攒钱,直到把好运带回森林。

"山里人!"医生在我脸前拍了拍巴掌,"醒醒!"

我猛地从白日梦里醒来,手里的水管正缓缓地向地上淌水。我开始冲洗地面,朝笼子底下喷水。

"把这里打扫干净,陈将军和他的女儿马上就要来了。"他摩拳擦

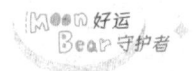

掌地说,"现在人们都知道,我的熊能包治百病。"

尽管我憎恨采熊胆汁的日子,但我还是盼着见到萨瓦。她每周都会和父亲一起过来,服用从咬人魔身上提取的新鲜胆汁。她告诉我,我应当读书识字。在等着咬人魔的镇静剂发挥作用时,如果我们俩单独待在一起,她就会用手指蘸水,在干燥的水泥地上教我写字。我看着地面上出现一个个黑色的图案,又在炎热的空气中渐渐消失。萨瓦在的时候,就连黑熊似乎也安静了许多。

我听见陈将军的汽车开进院子的声音,随后看见医生推开了滑门,但车里既没有陈将军,也没有萨瓦。司机打开后座门,萨瓦的朋友塔林下了车。

他朝医生走了过来。"陈将军的女儿病重,今天不能过来了。"他说。

医生端详着塔林的脸色:"请代我祝他的女儿早日康复。"

塔林把墨镜推到头顶:"将军说,他下个星期过来见你。他认为,你的熊胆汁质量不佳,今后他也许会到其他地方去买。"

医生挤出一丝笑容:"我可以向他保证,这些都是最好的黑熊。"

"是吗?"塔林说,"陈将军可不信。今天他派我来买新鲜的胆汁,但下个星期他会亲自过来。"

"好的,当然可以。"说着,医生鞠了个躬,后退了一步,"当然可以。"

当我们采集咬人魔的胆汁时,塔林在办公室里等着。今天,医生对待咬人魔异常粗暴。他把它拖出笼子,狠狠将探针扎进胆囊,任凭鲜血从伤口淌下来。在操作过程中,医生一次又一次紧咬嘴唇。

医生晃了晃长颈瓶里的胆汁,把它举到灯光下,只见微微泛绿的深褐色浆状物里掺着不少血丝。"拿着,山里人。把这个瓶子交给塔林,告诉他今天不收费。"他说。

我点点头,接过胆汁,在办公室里找到了塔林。他正靠在椅子上,一脸的不耐烦。我把长颈瓶里的胆汁倒进几个玻璃药瓶,然后交给他。

"这是给陈将军的。"我说,"医生说今天不收费。"

他一言不发地接过药瓶。

"请等一下。"眼看他抬腿要走,我脱口而出。

他转过身。

我盯着自己的双脚:"请代我问候萨瓦好吗?"

塔林不屑地一笑。

我顿时满面通红。

"萨瓦要考虑的事情很多,哪里有空听你这个扫地男孩的良好祝愿。"他说。

我望着他上车离去。汽车开出院子,驶入车流,很快消失在街上。我回头看了看医生。原来萨瓦又病了,所以陈将军才不高兴。看来医

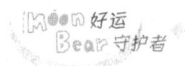

生的熊胆汁并无特殊之处。

那天晚上,我特别不想离开好运。因为我知道,随后两天都见不着它了。到时候,阿康肯定不会放它出来,所以我让好运在熊舍里多玩了一会儿。它最喜欢玩的游戏是踢甜瓜,在熊舍里追着甜瓜到处跑。我真想让它和我一起回家。但我怎么能把它带上渡船?又怎么能把它藏在村子里?

我把它关进笼子,挠了挠它耳朵后面。"我会回来接你的。"我说,"也许我可以找到一条渡船,把我们送往森林。"

好运用前爪抱着我的手,仿佛在侧耳倾听。

我用头顶着它的头:"我们就这么办,好运。等我看过妈妈、阿美和苏丽,我会带你离开这里。我们逃走吧。我会把你带回森林。"

"阿丹?"

我扭过头。

熊舍的门虚掩着,阿康就站在门口。"你在跟谁说话?"他问。

我关上好运的笼门。"没跟谁。"我说。

阿康朝我身后瞟了一眼。"你的朋友来找你了。"他说,"就是你老家的那个朋友。"

我跳了起来:"阿糯?阿糯来了吗?"

阿康皱皱眉:"阿丹,听我说……"

"阿糯来了!"说着,我推开阿康,看见街灯下,阿糯正站在车库的大门旁。"阿糯!"我边喊边挥了挥手。

我穿过马路,来到阿糯面前。他靠在栅栏上,双手深深插进口袋,脸上挂着笑意。

"阿糯!"我开心地叫着。我简直没法儿挪开自己注视他的目光:"你来找我了!"

阿糯咧嘴一笑。

"你没有生我的气吧?"

"没有。"阿糯说。

"来吧。"说着,我把他带往我的房间,里面亮着黄色的灯光。

"阿丹!"阿康朝自己家走去,"我爸很快就要关大门,别让你朋友待太久。"

阿糯环顾四周,看见房间里只有一张薄薄的床垫、一张矮桌和一个小衣柜。"他们说你走了,我还以为是真的呢。没想到你一直在工作。"他说。

"我不知道我的老板没有往家里寄钱。"我说。

阿糯在房间里走来走去,摆弄着衣柜上的抽屉,翻开里面的衣物和糖衣花生。"你有了这头会跳舞的熊,肯定赚了点儿钱吧。"他说。

"不止一点儿。"我说。

阿糯举起一个丝绸包裹,掏出里面的几卷金线。他轻声吹了个口

哨儿:"这个一定很贵吧。"

"是挺贵的。"我说,"我准备带给妈妈。"

阿糯皱了皱眉:"你把钱都花到买丝线上了?"

"没有。"我笑了起来,"还有呢,比这多得多,足够买一头水牛了。"

阿糯放下丝线,看着我说:"让我瞧瞧。"

"放心好了。"我说。不知是什么原因,我没有告诉他自己放钱的地方。我相信阿糯,从小就对他十分了解,但这笔钱是给妈妈的,所以很宝贵,我不愿让任何人看到。

阿糯耸耸肩,跌坐在床垫上。

我倒在他旁边。我们肩并肩躺着,望着头顶的灯泡。过去,我们就是这样躺在月光下,倾诉彼此的秘密。"你还没有告诉过我,你在城里干什么。"我说。

"我吗?"阿糯说,"我是搬东西的。"

"什么东西?"

"包裹之类的东西。"

"给谁搬呀?"

阿糯坐起身:"为什么要问这些,阿丹?"

"你赚的钱够用吗?"

阿糯卷起袖子,露出手腕上大号的金表:"看,我的老板很大方。

这是他送给我的。"

我盯着那只金表,虽然不知道是不是真金,但看起来十分贵重。

"我要回去了。"我说,"回村里去。"

阿糯扭头看着我。"村里不一样了。"他说,"从其他村子来了许多新人。"他皱了皱眉,接着说道:"和过去不一样了。"

"你家的电视机呢?你看过没有?"

"现在是我哥的电视机了。"阿糯笑道,"村里虽然有电,但我们用不起。"

我们一言不发地躺着,只听见头顶电灯发出的咝咝声,还有大街上过往车辆的声音。

"你还记得那头小熊吗?"我问。

阿糯皱了皱眉:"哪头小熊?"

"就是我们想从熊窝里带走的那头。"我说,"它就在养熊场,现在成了一头会跳舞的熊。"

阿糯转身望着我。"真的?"他呵呵一笑,"看来我们三个都到城里来赚钱了。"

我也笑了笑:"我没告诉过你,其实那天晚上我吓坏了,我还以为母熊会咬死我呢。"

阿糯咧嘴一笑:"我也以为它会咬死你呢。"

"你想念我们在森林里的老家吗?"我问。

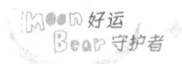

阿糯没有回答。

我笑了笑:"你还记不记得,当时我们以为自己长大了,变聪明了,所以搭了一座绳桥,想要渡过湍急的河流?"

阿糯点点头:"因为这事,我们惹了一堆麻烦,对不对?妈妈说,我们差点儿被淹死。"

我大笑起来:"后来,爷爷教我怎样才能把结打牢。"

阿糯把手枕在头下面,盯着天花板。他深吸一口气,又慢慢呼了出来:"那时我们可真单纯,对不对?那样真好。不知道为什么,过去我一直没看出来。"

"跟我回去吧。"我说。

阿糯看着我。

"我们一起回村里。我明天就走。我早上搭慢船回去,把钱带给妈妈。我要回家了。"

阿糯盯着自己的金表,在手腕上转来转去,望着它在灯光下熠熠生辉。

"阿糯,"我说,"村里需要我们俩。也许我们可以和过去一样。"

他放下衣袖,盖住手腕,看着我微微一笑。"好吧。"他说,"也许你说得对。也许现在我们都该回家了。"

26
回　家

天刚放亮，湄公河上已经熙熙攘攘。太阳从遥远的群山背后渐渐升起，瞬间照亮了天空，向大地投下一道道深褐色的阴影。一队僧侣正沿着河岸行走，他们的僧袍就像曙光映照的河水一样鲜艳。咖啡和香料的芬芳与馥郁的檀香混合在一起，产生了一种甘甜醉人的味道，在宁静的空气中传播开来。

等待渡河的人们已经排起了长队。连日的大雨让湄公河河水暴涨，湍急的河水搅起了河底的暗流。临行前，阿康警告我说，有时候洪水泛滥，渡船会难以通行。但是今天，我只希望自己能登上渡船。

我站在岸边，闭上双眼，我觉得自己很快就能见到妈妈、阿美和苏丽了。我紧紧搂着从阿康那里借来的挎包，里面装满了丝绸、绣线和买给家人的礼物。我能感觉到，挎包里装着钞票的蜂蜜罐硬邦邦的。我想象着妈妈看到这些钱时的样子，想象着我们能用这些钱买到的各种物品。

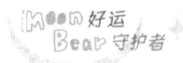

"嘿,阿丹。"

我睁开眼,转过身,看见阿糯正向我走来。我笑着朝他挥了挥手。在此之前,我还有些怀疑,他今天到底会不会来。但是现在,我们要一起重返故里了,而事情也本当如此。

"你买过票了吗?"他问。

我摇摇头。"要坐哪一艘船?"我问。在我看来,它们全都一样。

"来吧。"阿糯说。

我跟着他,绕过一个个货摊,在带着提包、笼子和米袋的人们之间穿梭。我的肚子开始咕咕叫。我还没有吃东西,所以感到饥肠辘辘。阿糯跟好几个船夫交涉,其中几艘船已经坐满了人。

"阿丹。"阿糯说,"你排队吧,我去买票。"

我在一个女人身旁停了下来,她带着一篮小鸡和一个自行车轮。

阿糯伸出手。"给我点儿钱。"他说,"买票用。"

我打开挎包,把蜂蜜罐拽到最上面。"买票得多少钱?"我问。

阿糯环顾四周。"把罐子给我吧。"他说。

我摇摇头。"我可不想让其他人看见里面有这么多钱。"我拿出几张钞票,递给了他,"这应该足够了。"

阿糯接过钱,消失在人群中。我一边排队,一边紧紧搂着挎包。

我们的渡船是一艘侧边敞开的大艇,艇上涂着红绿相间的油漆,金色的阳光照耀在低矮的顶篷上。我看到船长是一个瘦小的男人,他穿着T恤和短裤,头戴一顶鸭舌帽,正忙着调试发动机。船尾喷出阵阵黑色的浓烟,一名船员把狭长的跳板从渡船推向河岸,示意我们登船。我扭头寻找阿糯,只见他一路挤了过来,把一张船票塞进我手里。"这是返程票。"他说,"拿好了。"

队伍正缓缓向前移动。我看到船里的人越来越多。乘客们小心翼翼地走过狭长的跳板,包裹和行李被一名船员扔给另一名船员。我的挎包也被扔了过去。阿糯先上了船,我看着跳板在他脚下凹下去,又弹上来。

阿糯捡起挎包,扭头看着我。"我去占个座位。"他喊道,接着很快消失在低矮的顶篷下。

我慢慢挪过狭长的跳板,眼睛一直盯着双脚。在我下方,湄公河黄色的河水疾驰而过。要是跌倒了,我就会被冲到停在岸边的一排渡船下,绝无生还的机会。我钻进船舱,在乘客、包裹、笼子和提篮中间挤来挤去。一开始,我没有找到阿糯,但很快发现他就坐在前排的硬座上,一只胳膊搂着我的挎包。他招呼我坐下,我连忙跳过几个鸡笼,坐到他旁边,拿过自己的挎包。我把挎包紧紧抱在怀里,感觉到胸口抵住了硬邦邦的蜂蜜罐。

我看着阿糯,但他皱了皱眉,向岸边集市上的货摊和小贩望去,和我靠在一起的那条腿微微发抖。

"紧张吗?"我问。

阿糯沉默不语。

"我也是。"我说,"现在回去感觉有些奇怪。"

他看了看我,脸上的笑意转瞬即逝。"有点儿紧张。"他说,"我和我哥分开时,关系处得不太好。"

"他会理解的。"我说,"我敢说他一定想你了。"

但阿糯并没有听进去,而是扫视着岸边的市场:"你饿不饿?"

"饿坏了。"我说。

阿糯突然站起身:"我去买点儿吃的和饮料。船要走很长时间呢。"

我把他拽到座位上:"马上要开船了。"

阿糯挣脱了我:"用不了多久。他们会等我的。"

我望着他挤出船舱,越过跳板上了岸,消失在人群中。我只能偶尔瞥见他的身影。渡船的引擎开始隆隆作响,喷出阵阵黑烟。

"阿糯!"我喊道。我看见他站在米饭摊旁,于是立即站了起来,把身体探出船外:"阿糯!"

我向船尾扫了一眼,船长正收起跳板。

"阿糯!"我喊道。

但阿糯并没有买米,而是站在路上挥动手臂,不过不是朝我。一辆摩托车迅速穿过人群,停在他身边。我看不到骑手隔着头盔的脸。阿糯一抬腿,跨上摩托车,抱住了那个人的腰。

阿糯回头望了一眼,和我目光相接。我看不出他眼中一闪而过的情绪是悔恨还是道别,但从那一刻起,我如梦初醒。

我知道,我将再也见不到阿糯了。

我坐回船舱,内心一阵翻腾。我把手伸进挎包,找到蜂蜜罐。但我不用看,就知道会发现什么。

我打开罐子。

里面空空如也。

我的钱。

所有的钱。

都不见了。

27
家的味道

当渡船在距离村子最近的镇上靠岸时,天上下起了蒙蒙细雨。在两个小时的旅途中,起伏的丘陵和石灰岩山峰在湄公河两岸连绵不绝,但此刻却消失在了细雨之中。我暗自庆幸,这场雨将我也隐藏了起来。现在我身无分文返回家乡,不知道妈妈和村里人会怎么看我。

我走进村子时,村里一片寂静。一些我不认识的孩子站在木楼的支柱下,睁大了眼睛望着我走过。一位老人拄着拐杖踽踽前行,但也不是我们村的。不知道这里到底搬来了多少新人。要是我们村又搬走了怎么办?我感觉自己仿佛是个陌生人。狗吠声此起彼伏,但它们并没有离开房屋,而是躲在下面干爽的地方。我走过昔日村长的房子,因为下雨,百叶窗都关着,看不见阿糯哥哥的身影。

地上的泥土开始泛红,变得滑溜溜的,泥浆钻进了我的人字拖鞋和脚趾缝间。虽然行走十分困难,但我还是尽量抬高挎包,不让里面的丝线碰到地面。

我一眼看见了她们。"苏丽!"我喊道,"阿美!"

苏丽扭过头。她一把抓住阿美,目瞪口呆地望着我。

"苏丽,是我呀!"我喊道。我开始向她跑去,她们也向我跑来。我扑通一声跪在地上,紧紧抱住她们,她们也紧紧抱住我。阿美把头埋进我的颈间,我再次找到了家的感觉。

"阿丹!"

我朝妹妹身后望去,只见妈妈从路上朝我奔来,裙子在身后飘扬。

"阿丹!"她瘫倒在我身旁的泥洼里,用双手捧着我的脸,把额头紧紧贴在我的额头上。她目不转睛地看着我的眼睛,顾不上抹去脸上流淌的泪水:"我以为再也见不到你了。"

我也捧着她的脸,破涕为笑:"我答应过你,一定会回来的。"

妈妈用手抚摸着我的脸,点了点头。她转身看着阿美和苏丽。"告诉大家阿丹回来了,快去!"她说,"我们得好好庆祝一下。我儿子回家了!"

我和妈妈一起走进家里。我欣慰地看到,她还住在我们刚搬来时村里分给我们的房子里。我不在家的几个月里,妈妈似乎老了许多,昔日光滑的脸上长出了一道道皱纹。比起几个月前,我也仿佛长大了几岁,与过去的那个男孩已有天壤之别。

"快坐下。"妈妈说。她围着我转来转去,给我找了一张柔软的地

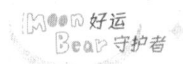

毯坐下。接着,她在小火炉上生火,放上一锅水准备煮饭。为了避雨,百叶窗都关着,屋子里面十分阴暗。妈妈从篮子里拽出一把药草,放在案板上切碎。我闻到空气中满是新鲜的薄荷味。我有好多好多话要说,但由于缺少睡眠,再加上旅途疲惫,我感到有些头疼。在这里,我十分安全,我可以好好睡上一觉,然后在家人的身边醒来。我知道妈妈也和我有着同样的感受。她任凭我坐在黑暗中思绪万千,自己则忙碌地准备起午饭。新鲜的酸橙味混杂着薄荷、香菜和咸咸的鱼肉酱味,在空气中弥漫开来。宋太太的厨艺固然高超,但妈妈做的饭菜里充满了家的味道。

我耷拉着脑袋,感到眼皮越来越沉。就在这时,楼梯上传来一阵脚步声,门吱呀一声被推开,我抬起头。

门口出现一个男人瘦长结实的身影,挡住了外面的光线。"阿丹?"他说。

我揉了揉睡意惺忪的双眼,凝视着他:"爸爸?"

这个男人在我身旁跪了下来,直到这时,我才看清他的脸。"爷爷?"我喊道。我伸手摸了摸他,想要知道自己有没有弄错,想要知道这一切是否都是真的:"您来这里干什么?"

爷爷端详了我一会儿,然后才开口说话。"我一听说你爸爸的事,就赶来了。"他说。

"您怎么听说的?"

"我到伐木站卖野味时,工人们告诉我的。我到这儿来想帮帮你妈妈。"

妈妈打开百叶窗。"看哪,"她说,"雨已经停了。"

雨后初霁,日光熹微,地上升起一层金色的雾霭。阿美和苏丽冲进房门。

"村长正从地里赶来。"阿美说。

妈妈沏了两碗加了薄荷叶的热茶。我一边小口呷着,一边注视着袅袅的热气。

"阿糯告诉我说,你们没有收到我寄回来的钱。"我说。

"阿糯?"爷爷问,"你见到阿糯了?"

我咬着嘴唇,盯着手中的热茶。

"阿丹。"他说,"我知道你一定有苦衷。我们也想好好听一听。"

我从头至尾讲了一遍,包括阿康和他的家人,医生和他的黑熊,还有陈将军和他的女儿。当我讲到城里的那头穿裙子的熊时,他们哄堂大笑。我告诉他们,好运让我赚了很多钱。当我讲到阿糯时,我犹豫了一下,我说我们见过面,阿糯打算和我一起回家。

"但是他没有回来。"爷爷说。

"没有。"我说。

"因为他想要钱?"

我把头埋进双膝之间,不想让他们从我脸上看出真相。我不想让

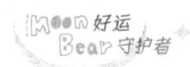

他们知道阿糯偷走了我所有的钱。但爷爷一定猜得出来。

妈妈坐到我身旁。"这不是你的错,阿丹。"她说,"你回来就好。现在这才是最重要的事情。只要你能回来,这就够了。"

"我给你带了这些东西。"我说。至少我没有空手而归。

妈妈打开挎包,用手指抚摸着红色、金色和墨绿色的丝线。"这些丝线可真漂亮,阿丹。"她顿时笑逐颜开,"我用它们刺绣,卖给游客们,或者拿到集市上卖,一定能赚到很多钱。"

我把两条裙子递给阿美和苏丽。她们迫不及待地去试穿了。

妈妈给我添满茶:"喝吧,阿丹。村里人很快都会过来,庆祝你回家了。"

人们拥进我们的房屋,妇女们对我买给妈妈的丝线和布匹啧啧称赞。随着夜幕降临,许多人带来了食物和酒水,这次团聚变成了一场聚会。爷爷打开一罐米酒,舀给成年人喝。阿美和苏丽靠在一起,酣然入睡。妈妈跟着我,寸步不离。虽然我们没有回到昔日的山村,但我感到和他们在一起时,这里就是我的家乡。

夜色渐深时,阿糯的哥哥挨着我坐下来。大概是喝多了米酒,他变得目光呆滞。我看见爷爷朝这边望了望。阿糯的哥哥只比我大几岁,但现在已经当上了村长。

"阿丹。"他说,"你爷爷是不是告诉过你,阿糯离开了我们?"

我看了看爷爷。

阿糯的哥哥又喝了一口酒："阿糯想到城里发展。"

我盯着自己的手。

"我以为他会去找你来着。"

我抬起头："找我吗？"

阿糯的哥哥点点头。"他想要和你一样独立生活，到城里去工作。"他靠在椅子上，仰望着天花板，"这里对他来说，永远都不够好。"

"我却想留在这儿。"我说。

阿糯的哥哥叹了口气。"对阿糯来说，就连大米也是河对岸的更好。"他边说边察言观色，"你见过他吗？"

"没有。"我撒了个谎。我直勾勾地望着双脚之间的空隙，看到木地板上有几个圆形的节疤。我希望阿糯的哥哥没有看穿我的谎言。不过他已经喝了太多米酒，应该不会注意到这一点。

他靠在椅子上，又叹了口气："但愿和你一样，有一天他也会回来。"

我用余光看了看阿糯的哥哥。这时，他不再是年轻的村长，而只是一位思念自己弟弟的兄长。但我深知，他的弟弟再也不会回来了。

28

稻田一日

早上醒来后,我吃了一些汤面和昨晚剩下的米饭。乡村的夜晚一片漆黑、万籁俱寂,只偶尔传来公鸡的啼鸣声和犬吠声,所以我睡得很沉。爷爷抹掉碗边的糯米粒,然后舔干净手指。"阿丹。"他说,"今天你应该和我一起去稻田里看看。"

我看着妈妈。我不想过去,不想回到父亲罹难的地方。

"他们已经清除了炸弹。"妈妈说,"现在很安全。"

"我知道。"我说。

爷爷站起身:"来吧,阿丹。也许你不会感觉那么糟的。"

我跟着爷爷离开了屋子。我们沿着大路往北,向我家的稻田走去。苏丽和阿美也跟了过来。妈妈在房子后面开辟了一个小小的菜园,还种了一小片药草。我看见里面栽着柠檬草、碧绿的香菜和深绿的薄荷。

人们纷纷从自家的房子里和菜地里向我们挥手致意。

"村里来了不少新人吧。"我说。

爷爷点点头:"疾病暴发后,另一座村子也迁了过来,与我们合并了。"

"大家合得来吗?"

"大部分时候都合得来。"爷爷说,"不过有时候,阿糯的哥哥和其他村长意见不一。那些村长年纪较大,喜欢按照自己的方式行事,而阿糯的哥哥还很年轻。"说到这里,爷爷微微一笑:"他还得学一段时间。"

我来到当初学校的选址地。这里曾经让陈将军引以为傲,但是如今,水泥地基上早已杂草丛生。

"陈将军答应我们,要在这里建一所学校的。"我说。

爷爷继续前行:"陈将军答应过许多事情。"

我一溜儿小跑,跟了上去。

"教师走了,因为拿不到工资。"他说,"而且再也没有回来。当我们急需医生时,他们倒是派来了一个,但来晚了两个星期。陈将军还答应会继续运送大米,但我们没有见到一粒粮食。做人不能食言,阿丹。"

我们一言不发地从小路蜿蜒而上,经过一道长长的田埂,来到我们的稻田。在湛蓝的天空下,山色空蒙,遥望如黛。

"您说得对,爷爷。"我说,"我们应该留在森林里。总有一天,我们

所有人都会重返故土,回到森林里。"

爷爷长叹一声:"森林很快就没有了,阿丹。"

我停下脚步,爷爷扭头望着我。"森林没有了?"我说。

"我没有想到,伐木公司会砍光山坡上的树木。现在你恐怕也认不出那里了。他们还在不断向深山推进。"

"他们不是只修建一条公路吗?"我问,"为什么要砍光整个森林?"

爷爷看着我:"阿丹,树木可以卖钱。它们被砍掉后装在货车上,运往越南、美国和欧洲各国。我们也许无家可归了。"

我凝望着脚下红色的泥土。没有森林?没有家?那好运怎么办?我该把它带到哪里?也许在更高一些的山上,还会有森林吧。

"来吧,"爷爷说,"让我教你怎样栽种水稻。"他咧嘴一笑:"我虽然年纪大了,但也在学习呢。"

我胆战心惊地走上田埂,望着爸爸被炸死的地方。但自那儿以后,这里发生了巨大的变化,看起来和过去截然不同。田地里栽着密密麻麻的水稻。为了遮挡烈日,不少人正戴着阔檐帽在田间劳作。几个孩子在齐膝深的水里跑来跑去,把捉到的青蛙放进罐头里,准备晚餐时享用。阿美和苏丽也跑了过来,加入他们。在离稻田不远的地方,我看见山腰上种满了果树。

"这些树明年还不会结果。"爷爷说,"但是在两三年之后,它们就会硕果累累。"

"爸爸认为我们应该养蜂。"我说,"他说过,我们可以在果树下养蜂采蜜,再拿到集市上去卖。"

爷爷摸了摸下巴,但没有接腔。

我朝稻田望去,只见阿美和苏丽正在水面上弯着腰。如果这里还有炸弹怎么办?如果人们没有注意到这些炸弹怎么办?我双手紧紧攥着拳头。苏丽突然跃入水中,抓住了一只青蛙。

我忍不住笑了起来。阿美从她手中接过青蛙,放在罐子里,两人又继续开始捉青蛙。

那天夜里,我和妈妈、爷爷、阿美还有苏丽坐在屋外。我们吃着米饭和沙拉,还有穿在棍子上烤熟的青蛙。油灯越来越暗,很快便在灯芯咝咝的响声中彻底熄灭。我们头顶上是一轮皎洁的圆月,将院子里照得如同白昼一般。

妈妈又推给我一碗米饭:"吃吧,阿丹。你一定饿坏了。"

我在手中团了一个饭团,但嗓子里又干又渴,好像被什么东西堵住了一样。"我得回去了。"我说,"我得赶上清晨的第一班渡船。"

妈妈放下手里的食物。

爷爷望着我:"没有必要回去,阿丹。医生贪婪成性,不会给你工钱。你在这里会过得更好,还可以帮家里种田。"

妈妈点点头:"那里没有什么值得你回去。"

我闭上眼,想起了好运。它一定正用鼻子拱着栏杆,盼着我回来。我想象着它从此被困在笼中、让医生采集胆汁的样子,想象着它还没有过上的美好生活。我想起了自己曾经对它许下的承诺。

我放下手中的饭团,抬头看着妈妈。"我别无选择。"我说,"我必须回去。"

29
回到养熊场

我很难向妈妈、爷爷和妹妹们解释，但我不能留下。妈妈很生气，阿美和苏丽一边哭泣，一边拽着我不肯撒手。但我知道，爷爷一定能够理解。他一路送我来到湄公河边，望着渡船划进河里，驶入通往下游的湍流。我也一直望着爷爷，直到渡船拐了个弯。我这才看见，四周都是森林和高山。这里仍有森林，我心想，我一定要设法让好运重返森林。

当天夜里，渡船并没有到站。发动机不停地熄火，直到次日拂晓，我才来到城里。我在大街上一路狂奔。要是医生已经到了，发现我不在那里，他一定会大发雷霆。我迅速穿过集市上纵横交错的货摊，向前奔去。

当看到养熊场的大门仍然锁着时，我顿觉如释重负。医生还没有来。我抓起阿康留在房间里的钥匙，溜进大门，迅速把门关上。熊舍里黑漆漆的，只听见黑熊发出呼哧呼哧的声音，在笼子里迈着笨重的步

伐。阿康说过,我走了以后,他只会帮我喂熊,不负责打扫笼子,所以我猜里面一定一片狼藉。但愿我能赶在医生到来前清理一部分笼子。我打开电灯,环顾四周,原来阿康不仅给它们喂过了食物和水,还把它们全都冲洗干净了,熊舍里一尘不染。

好运立刻看见了我,一边急得在笼子里打转,一边发出呜呜的叫声。它把爪子伸到栏杆外面,想要使劲挤出去。我很想放它出来,让它在外面疯一会儿,但我知道医生很快就会过来。我挠了挠好运的脑袋和耳朵,它露出肚皮,让我抚摸。我从口袋里拿出妈妈给我的木瓜。我一直给它留着。

好运用鼻子拱了拱我的手。

"山里人!"

我转身挡住好运,希望它趁着医生还没有发现,赶快把水果吃掉。

但医生对好运毫无兴趣。他走向咬人魔,用铁棒猛地砸向笼子。咬人魔朝栏杆扑了过来,咆哮着对医生挥舞着熊爪。"陈将军今天要过来。"医生说。

我不清楚他到底是在跟谁说话,我还是咬人魔?

"所以我们必须做好准备。"他再次敲击栏杆,咬人魔发出了怒吼,"我们一定要让他看看,我们的黑熊才是最强壮的。"

阿桑扛着一袋大米走了进来。"陈将军已经到了。"他说。

我朝他身后的院子望去,陈将军的确已经到了。他平时不会过来这么早。清晨凉爽的空气尚未完全散去,我看见他的女儿萨瓦也下了车,但没有见到她的朋友塔林。

"我女儿病得很重。"我听见陈将军说。

医生鞠了个躬:"我感到非常难过。"

陈将军用手帕擦了擦脸。他在院子里踱来踱去,因为天气炎热而满脸通红:"你说过你的熊胆汁质量最好。"

医生满脸堆笑:"那是自然。"

"那为什么我女儿的病越来越重了?"陈将军吼道。

医生又赔着笑鞠了个躬,但我看到他紧紧攥着铁棍,手关节绷得发白。他的眼神也游移不定。

"我的医生说,我得到别处去买熊胆汁。这些熊都太老了,你取胆取得太频繁。"陈将军把一个药瓶举到灯光下。"你看,"他说,"胆汁的颜色不应该这样深暗黏稠。"

我用余光看到萨瓦在司机的搀扶下下了车。她缓缓地向院子这边走来。她比上次见面时看起来更加虚弱了。她的短裙在纤瘦的双腿上显得十分宽松,被风吹得来回摆动。

"请到这边来。"医生说,"看看这头熊。"他猛敲了一下咬人魔的铁笼,咬人魔立即咆哮着扑了上来。"这是我们最强壮的一头熊。"

陈将军哼了一声:"这头熊太老了,根本不中用,只知道狂吼。这

种货色我见多了,全都是懦夫。"

"我有很多黑熊。"医生说,"或许您可以试试其他的?"

陈将军的目光停在了好运身上:"这头怎么样?"

我的心脏狂跳不止。

"它太小了。"我忍不住脱口而出。

陈将军扭头盯着我,皱了皱眉:"原来是森林里来的野孩子!"

我瞪着地面,后悔刚才开了口。看来他知道我是谁。

"这头熊以前取过胆吗?"陈将军问。

医生看了看陈将军,又看了看好运,仿佛是在揣度该怎样回答。"这头熊年轻健康。"他说,"还没人尝过它的胆汁。"

陈将军摸了摸下巴,然后颔首示意:"那就这头吧。"

好运已经吃完了木瓜,正用鼻子拱着栏杆。我感到一阵不适。我真想马上打开笼门,和它一起逃离这里。

"明智的选择。"医生说。"阿桑!"他喊道,"把陈将军带到取胆室,准备好电泵和超声仪。我们要取这头小熊的胆汁。"

我看见陈将军跟着阿桑和医生走进取胆室。我把手放在好运的笼门上。也许我可以一走了之,我们可以现在就走,到街头巷尾去赚钱。我把头紧贴在栏杆上,好运伸出舌头,舔着我的额头。但我知道这样行不通,医生一定会找到我们。到那时,我恐怕再也见不到好运了。

我听见医生的脚步声,不禁转过身去。他正拿着镇静剂和铁棍,朝这边走来。我面对他站着,用后背抵住笼门。

"这头熊太小了。"我说。我没想到,自己的声音能这样响亮而坚定。

医生手拿镇静剂,停了下来,狠狠地瞪着我。

"它太小了。"我说。

医生朝地上吐了一口唾沫。他猛地挺直脖子:"给我让开,山里人!"

我伸开双臂,护住铁笼:"不行。"

医生紧咬牙关,额头上青筋凸起。他扭脸看了看身后,见取胆室的门紧闭着,于是向前逼近了一步:"给我让开,山里人!"

我紧抓栏杆,靠在铁笼上。只见眼前铁棍一闪,刹那间我眼冒金星,顿觉天昏地暗,疼痛难忍。我双腿一软,仰面朝天缓缓栽了下去,后脑勺儿砰的一声撞向地面。我感到温热的鲜血濡湿了头发,眼前天旋地转,我最后只记得医生仍站在我对面,而萨瓦躲在黑影里张望。接着,我便昏了过去。

等我苏醒时,一只眼睛什么也看不见。我平躺在水泥地上,另一只眼睛视线模糊。我抬头看了看好运的笼子,只见笼门敞开着,里面空空如也。我想要站起身,但是动弹不得,身体仿佛完全不听使唤了一样。我感到自己的身躯异常沉重,瘫倒在地面上。咬人魔在笼子里注视着我,用黑色的双眸紧盯着我的眼睛。我们似乎对视了很久。不

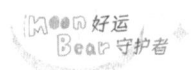

知怎的,我仿佛感到它正在对我说:"起来,起来,抗争到底!决不放弃!"我能够听见它鼻孔里传出尖厉的喘息声。我挣扎着抬起头,只觉一阵剧痛,便再次昏了过去。

"阿丹!"

我又醒了过来,感觉脸上有凉水。我睁开一只眼,看见萨瓦用手帕蘸了蘸水瓶里的水,正为我擦拭面部。她把手帕轻敷在那只睁不开的眼睛上,我疼得抽搐了一下。

"对不起。"她用手指抚摸着我的眼眶和面颊,"我看应该没有骨折。"

她扶我靠墙坐了起来。我摸了摸脸,感到一只眼睛肿得厉害,怪不得我看不见呢。我望向好运空空的笼子。

"好运怎么样了?"我问。

萨瓦没有回答。她托起我的下巴,为我冲洗血渍,然后莞尔一笑:"你可真是个傻孩子。你知不知道?"

但我笑不出来。我推开她的手朝下望去,只见水泥地上的斑斑血迹已经变成了暗红色。

萨瓦叹了口气:"医生比你块头大得多,阿丹,而且他已经疯了。你到底在想什么?为什么要拦住他?"

"我必须拦住他。"我朝地上吐出一团血块,抬头望着她,"谁会替黑熊出头,萨瓦?它们根本没有话语权,谁会替它们讲话?"

30

不安全的地方

"你这是怎么了?"

我想要悄悄溜进房间,但阿康的妈妈已经看见我了。她把我叫进厨房。我抬起胳膊想要遮住肿胀的眼睛。

阿康放下手中的家庭作业:"阿丹……你的脸!"

宋太太拿开我的胳膊,把我拉到灯光下,摸了摸眼睛四周。我疼得连忙闪开。她冲院子里的丈夫喊了一声。

我听见宋先生把扳手哐啷一声扔在地上,走进屋里。

"我很好。"我说,"不碍事。"

宋太太托起我的下巴,让宋先生看:"你看看他。"

宋先生皱了皱眉:"告诉我们发生了什么事,阿丹?"

"都怪我。"我说,"一头熊把我撞倒了。"我看了看宋太太,但她显然清楚我在说谎。

宋太太把手放在嘴唇上:"阿丹,到底是谁这样对你?"

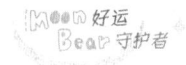

"是我的错。"我盯着地面说。

宋太太摇摇头。"我知道这是谁干的。"她说着从冰箱里拿出一盘鱼肉,坐在桌旁,朝宋先生晃动着餐刀。"那里不安全。"她说,"这一次他太过分了!不能让一个孩子继续待在那里。"

宋先生叹了口气,擦掉手上的油污:"我们不该卷进这件事。"

宋太太摇摇头:"我们不能让他去那儿工作了。看看都发生了什么!如果换作阿康,你会怎么做?"

"我们有一半生意都是医生的父亲带来的,所以不该插手这件事。"

"山里人!"

我们全都没有注意到,医生已经到了门口。宋先生突然陷入沉默,不停地转动手上的油布。

宋太太瞟了一眼丈夫:"您有何贵干,医生?"

医生看了看我,又看了看宋先生,然后走过来摸了摸我的脸:"你的脸怎么样了?看你把自己摔的。"

我后退一步:"不要紧,谢谢你,医生,真的不要紧。"

医生勉强挤出一丝笑容:"那就好。你看,我给你带来了这个。"

他递给我一把镶着金色蕾丝花边的湖蓝色雨伞:"这是陈将军女儿的。今天她忘拿走了,所以让你明天一早送到她家里。"

我接过雨伞,望着医生远去。

阿康的妈妈把餐刀砰的一声丢在鱼头上:"那里太不安全了!就连黑熊也不能待在那儿。"

当天夜里,我和阿康带着一盏油灯来到熊舍。我们坐在昏暗的灯光下。过了大半天好运才从深度麻醉中醒过来,但它蜷缩在笼子后面,不肯出来。当我们想要哄它出来时,它露出眼白,朝我们呜呜号叫。我们把熟透的香蕉塞了进去,但它连碰也不碰。我已经失去了它的信任。它好像知道,我再也保护不了它了,也许它甚至认为是我伤害了它。

我们默默地坐在那里,听其他黑熊狼吞虎咽地吃着阿康买来的水果。

阿康拽了拽一只运动鞋上松动的鞋带。"妈妈说这样不对。"他轻声说道。

我望着油灯里小小的火苗在细长灯芯上不停摇曳。

"是她打扫的熊舍。"他说。

我望着他:"你妈妈来过这儿?"

阿康微微一笑:"她看见我溜进来,所以到这里来找我了。她本想拦着我的,但是当她看到黑熊的生活环境时,她说它们根本不应该这样活着。"

我把头靠在膝盖上。

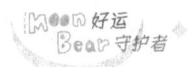

"我告诉她你回家了。"他说。

"她说什么了吗?"

"她认为你不会回来了,但我不这样想。我说,你会为了这些黑熊回来的。"

我点点头:"我别无选择。"

"那你准备怎么办?"阿康问。

"什么怎么办?"我说。

阿康靠了过来,用手遮住油灯。"阿丹。"他说,"我知道你不会留在这里。"

"对。"我说。

"你还要带走好运。"

我站起身,想用锅巴把好运哄过来。但它顶着栏杆,离我远远的。"我要把它带回森林。"我说。

阿康瞪大眼睛:"你不能就这么把它放走,阿丹。它没有学过怎样捕猎,不知道怎样寻找食物。"

"我会帮它的。"说到这里,我的眼泪涌了上来,因为我知道阿康说的都是事实,"我了解森林,阿康。我可以在森林里活下来,我之前一直都生活在那里。我会教它到哪里采摘浆果,到哪里挖掘坚果和蘑菇,到哪些树干上的蚂蚁窝里掏蚁卵。好运一定能够学会。"

阿康叹了口气:"那你准备怎样把它带到那里?"

"我不知道。"我说,我一直在考虑这个问题,"你父亲院子里的伐木车怎么样?"

阿康摇摇头:"你怎么把它偷偷藏进卡车司机的驾驶室?我想他们不会看不到一头熊吧!"

"那我就带它到河边乘船,让它表演节目好了。"

阿康站起身,把目光转向好运。"阿丹。"他轻声说,"陈将军认为,只有这头熊才能治好他的女儿,所以绝不会放它走。就算你能离开,他也会找到你和好运。"

31
梦　想

　　翌日清晨,好运差不多恢复到了以往的状态。当我打开笼门时,一开始,它不愿意跳出来,而是嗅了嗅空气,环顾四周,仿佛熊舍里的味道和过去不一样了似的。咬人魔在笼子里观察着外面,它的爪子向外张开,好让自己凉快一些。昨天夜里又闷又热,是我进城以后最炎热的一个夜晚,但我无处可躲,既不能跳进小溪纳凉,也不能爬上山顶,让微风吹走暑气。熊妈妈的儿子躺在那里,爪子耷拉在栏杆外,正张着嘴不停喘气。我拿起水管为它们冲凉。咬人魔仰面朝天,让我朝它肚皮上喷水。我想把手伸进去摸摸它,但是不敢,因为我曾亲眼看见,只要它愿意,它的行动可以非常迅速。

　　好运跟着我四处走动,不时嗅嗅其他黑熊的笼子底下,搜寻它们掉下来的食物,把残渣舔得干干净净。我把它推翻在地,挠了挠它的肚皮。当我摸到它皮肤上的针眼时,它想要用嘴拱开我的手。"来吧。"

我说。我踢了一脚地上的罐头,让它在熊舍里骨碌碌乱滚。好运用爪子拍了拍,然后把它丢到空中。趁它自己玩耍的时候,我开始给其他熊喂米饭和水。

我没有钱给它们买水果,除非阿康和我再带着好运去为游客们表演,但我不知道什么时候才可以。我用昨天晚餐省下来的一块鸡肉把好运哄进笼里,关上了笼门。它把爪子伸到栏杆外,想要摸摸我。我把它的米饭倒进食盆,看着它吧嗒吧嗒地吃着,最后舔得一粒都不剩。

我真想多待一会儿,让它在熊舍里舒展四肢、尽情嬉戏。我想要赢回它的信任。但我不能,我得把伞送还萨瓦。

我拿起放在办公桌上的雨伞。这把伞是粉蓝相间的棉布做成的,镶着金色的蕾丝花边,与其说是一把雨伞,不如说是一把阳伞。伞柄是珐琅制成的,上面画着一群小鸟,在粉色的天空下,朝着绿荫飞去。

我抚摸着伞柄上的珐琅,不由得皱起了眉头。我感到一阵愤怒,她凭什么让我去还伞?她可以等到下次再来时拿走,或者让司机过来取走,但她没有,而是要我带着她的伞,徒步穿过这座城市。就算她再漂亮又能怎样?就算她是陈将军的女儿又能怎样?她已经目睹医生是怎样养熊和怎样对待熊的,又怎么能喝得下它们的胆汁?她以为自己有什么了不起?

我带着伞进了城,一路上都愤愤不平。阿康的父亲告诉过我怎样

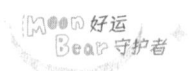

才能找到陈将军家。这座宅院美轮美奂,建在高高的山路上,有着高大的围墙和院门,俯瞰着郊区杂乱无章的房屋、商铺和车库。一阵微风吹来,把湄公河平原上的凉气带到这里,为房子里的人们赶走了暑热。这里的道路没有坑洼,而是被铺得十分平整。

我走到最后一栋房子,在两扇巨大的铁门前停了下来。我转身回望整座城市。透过山顶迷茫的雾霭,我看到湄公河由北向南奔流不息,我看到在远处的青山之外,是笼罩在薄雾中的崇山峻岭。从这里,我感到自己仿佛可以看见全世界。不知道住在这里的人们是否也会这样想。也许他们真的可以看见全世界,不会觉得自己被困在城中。

我看了看手里的伞,上面已经蒙了一层细细的浮尘。我用手抹去灰尘,但双手汗津津的,弄脏了粉色的棉布。不过我不在乎。因为在我看来,萨瓦可能拥有成百上千把伞,每天都可以换一把新的。

我踮起脚,按响了门铃。

门铃旁边的电线盒响了起来。"是谁呀?"

我看了看四周。我该怎么说?"我来归还落在养熊场的雨伞。"

里面安静了片刻。只听门铃嗡嗡作响,然后咔嗒一声。"推开大门,到堂屋来吧。"

我推开大门,朝里面张望,一条宽阔的车道通往一座带有台阶的房子,房门两侧矗立着两根柱子。一名园丁一边在灌木丛里弯腰修剪枝叶,一边看着我走过。花园里绿树成荫,繁花似锦。车道两旁栽满了火焰树,手指形状的树叶在湛蓝的天空下绿莹莹的,只有在干旱的季节,它们才会盛开火焰般的橘色花朵。

我敲了敲大门上的门环,敲门声在旁边的走廊里发出回响。一个身穿白色衬衫和黑色绸裙的女人开了门。

"我要把这个还给萨瓦。"我说。

女人从我手里接过伞,用拇指和食指捏着,仿佛那是一只死去多时的老鼠。

"萨瓦把它落在养熊场了。"

女人点点头,关上门。我在门口站了一会儿,盯着房门、金属门环和门环上雕刻的虎头。我步行将近两个小时,穿过整座城市,但是连一声谢谢也没有听到。我转身下了台阶,向车道走去。

"等等!"

我转过身,看见那个女人跑下台阶,冲我挥了挥手:"萨瓦想要亲自向你道谢。"

我朝她身后望去,暗中希望萨瓦出现在门口。

"请这边来。"她笑道。

我跟着她绕过堂屋,沿着小道向后走去,小道两旁栽满了九重葛。萨瓦正坐在桌旁,举起粉色的伞遮挡烈日,颈间还系着一条浅粉色的丝巾。看到我后,她笑着站起身。

"谢谢你,阿丹。"

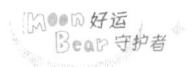

"这没什么。"我显然是在说谎。

她伸手摸了摸我眼上的肿块。"怎么样了?"她问。

"好多了。"我说。宋太太的草药已经让我消了肿。

我不由得多看了萨瓦一眼。她看起来与以往有些不同,显得格外明艳。她的神情十分放松,脸上没有了过去的紧绷感,眼白也不再泛黄。我很难说出她身上到底哪里与以往不同,但现在的她似乎更加真实,更加富有生气。

"来吧。"她指着花架里面的大门,"和我一起走走。我们去瞧瞧动物。"

我和她并肩穿过大门,走进一座花园。园子里到处都是花草树木,还有许多笼子。这里的动物种类繁多,有长臂猿、乌龟,还有我从未见过的色彩缤纷的小鸟,简直就像一座小型私人动物园。

萨瓦在一座围栏前停了下来。"这是露露。"她说,"它是一只石纹猫。它还很小的时候,有人在森林里发现它瘸了一条腿,于是送给了我父亲。父亲出钱为它治疗,但它无法返回森林,所以我们把它留了下来。"

我看着露露踱来踱去。它的皮毛上布满了色彩鲜艳的环纹和条纹,就像斑驳的阳光。

萨瓦用手臂画了个圈:"它们都是从森林里被解救出来的,有些是没有了双亲,有些是受了伤。"

两只斑点鸽飞到笼子后面,在铁丝网上拍打着翅膀。

萨瓦把伞垂到肩后,望着我说:"我父亲说,是他帮助你们村迁出了森林。"

我看着一头云豹在围栏里上上下下。难道萨瓦认为,我们也是被救出森林的吗?

我们默默地走着,直到来到让-保罗的围栏前。我还从来没有见过老虎。爷爷曾经给我讲过它们的故事,说它们就像穿行在森林里的火神。我望着栏杆后面的让-保罗,只见它在笼子里走来走去。它又瘦又高,肩部和臀部的皮肤松松垮垮的,就像穿着一件大号的外套。它的皮毛十分稀疏,呈现出晦暗的橘黄色,根本不像爷爷故事里讲的火神。

萨瓦把头贴在铁丝网上,轻轻打了一声呼哨。"父亲很喜欢这些动物。"她说,"它们让他想起了森林。"

让-保罗迈出巨大的脚爪,向我们快步走来,然后用下巴和脑袋顶着铁丝网。当它经过时,萨瓦伸手挠了挠它的背。"过去父亲经常带我深入森林。我和他一起沿着森林里的小径,走到幽深凉爽的树荫下。记得有一次,我看见一只蝴蝶在一缕阳光下跳舞。在飞出阴影后,它的颜色显得格外鲜艳。"她微笑着说,"我想我和他一样热爱森林。"

我皱了皱眉:"那他为什么还要砍伐树木?"

萨瓦端详着我:"你这话是什么意思?"

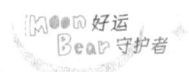

我把手插进口袋:"我们村里来了很多伐木车。"

萨瓦微微一笑:"那只是为了修建公路,好让建筑队能开到大坝。"

我看了看她:"不只是为了修路。他们已经砍光了山顶上和山谷里的树木,那里很快就没有森林了。"

萨瓦佯装掸了掸绸裤上的灰尘:"你一定弄错了。我父亲绝不会允许别人这样做。"

我看着她说:"这是正在发生的事实,萨瓦。"

她挺直脊背:"那你亲眼看见了吗?"

"我爷爷看见了。"我说。

萨瓦瞪着我:"那你怎么知道是真是假?我父亲绝不会允许砍伐森林。"

我迎着她的目光:"我爷爷从不说谎。"

萨瓦盯着我看了看,又转过脸,转着伞走开了。

她在下一个笼前停下来等我。一只八哥抓住铁丝网,伸出嘴来要东西吃。它颈部的羽毛是金色的,在黑色身躯的映衬下显得格外鲜艳。这只八哥折了一只翅膀,翅膀上的羽毛向下耷拉着。

"我有一个梦想,"萨瓦说,"有一天,我会和父亲一起到水坝上工作。我国遍布河流山川,我们可以利用它们发电。这是一种清洁的能源。父亲说过,老挝将会成为亚洲的发电站,并由此摆脱贫困。我们要让所有人都上得起学,看得起病。"她扭过头,看着我说:"对于这一点,你肯定比其他人更有感触。"

我想起了陈将军答应开设的学校,校址上杂草丛生,村里突然暴发的疾病,还有那台没人看得起的电视机。

我沉默不语。

"你都有哪些梦想,阿丹?"

这个问题有些出其不意。"我没有梦想。"我说。我看着那只八哥跳到了另一边,一只翅膀始终拖在土地上。或许只有有钱人才能做得起梦。

萨瓦笑着拍了拍我的胳膊:"你肯定也有想要实现的事情,对不对?"

"我想要好运自由。"我说,"我想让它的脚踩在土地上,在夜里看见月亮。"

萨瓦长叹一声,转身看着让-保罗的笼子。

"父亲说,他还没有见过哪一次治疗过后,我能恢复得这么好。俄罗斯医生开的药让我一直掉头发,但是现在你看!"她掀开颈间丝巾的一角,"瞧呀,就连我的头发也长了出来。父亲说,你们的这头熊简直是个奇迹。"

我看着她后颈纤细亮泽的头发。"那你呢?"我说,"你也是这么想的?"

萨瓦又叹了口气,把头贴在笼子上:"我的病情时好时坏。"

让-保罗扑通一声侧身卧下,用金色的眼睛凝视着我。

"我剩下的好日子不多了。"她说,"如果病情好转,父亲就想留住这些日子,不肯让它们逝去。"

我们默默地站在那里,看见一只蝴蝶从一缕阳光中飞快掠过。

萨瓦扭头看着我,微微一笑:"但是没有人能够留住这些日子,阿丹,我们能够留住的只有希望。"

32

好运的厄运

有关好运的消息不胫而走。

这是一个奇迹。

这是一头金熊。

这头熊治好了陈将军的女儿。

三个星期过去了,好运被采了三次胆汁,每一次我都不忍直视。直到采胆结束后,我才敢过去挠挠它的耳朵,用凉水冲冲它的嘴。人们纷纷前来参观,竞相购买好运的胆汁。他们宁愿给出十倍的价钱。但医生拒绝出售。他说,这头熊仅供陈将军的女儿使用。

尽管如此,医生还是很高兴,他可以向参观金熊的人们收费。甚至有人传言,摸一下好运就可以真的交上好运。人们也愿意购买其他黑熊的胆汁。医生还为乘车前来参观养熊场和购买胆汁的游客安排了一名导游。新鲜的熊胆汁、熊胆片和熊胆粉让他们爱不释手。医生甚至还把好运的笼子涂成金色,在上面挂上它的名字。

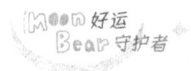

Sook-dìi。

好运。

现在我不可能把好运带到城里表演,因为医生每天都会到养熊场来。他又让阿桑做了五个笼子,很快这里就会增加五头黑熊,而且以后还会有更多。医生在红色的大门上漆了一头金色的熊,他的养熊场也因此被人们称作"金熊场"。

"山里人!"医生从铁笼之间的过道走了过来,眼睛扫视着笼底的水泥地。他指着熊妈妈儿子的笼子下面,那里有一团刚刚排泄的粪便。"把这团脏东西打扫干净。今天这里必须一尘不染。"接着,医生搓了搓双手,"今天会有一位贵客,胡医生。他要跟陈将军和他的女儿一起过来。胡先生想要检查一下金熊,再亲口尝尝它的胆汁。"

我开始朝地面喷水,望着那团粪便流入排污渠。笼中的黑熊都坐卧不宁。杰姆和杰普来回晃动着脑袋。咬人魔紧贴栏杆,发出阵阵咆哮,嘴巴四周都是唾沫。但好运只是卧在那里,蜷缩成一小团,仿佛希望自己能够消失一样,这样就没有人会看到它或者碰触它。它紧闭双眼,发出低沉的呻吟声,好像在自言自语。

"好运。"我说,"是我呀。"我想要挠挠它的耳朵,但它反而蜷缩得更紧了,干脆把头埋进了胸口,就连水果和蜜饯坚果也哄不动它。

隔着大门,我看见两辆轿车驶入院中。这两辆轿车宽大阔气,装着深色的玻璃。

我关掉水龙头,把软管在金属支架上缠好。第一辆轿车的司机打开车门,陈将军率先走了下来。接着,萨瓦和她的朋友塔林也从车里出来。一个身材矮胖的男人从第二辆车上也走了下来。医生连忙跑出办公室前去迎接,又是点头又是鞠躬。萨瓦站在阳光下,打开阳伞,遮住了太阳。我看着她一边在阳光下旋转,一边和塔林嬉笑打闹。

阿桑走了过来,递给我一个铁桶。"医生让你把这些长颈瓶和试管清洗干净。"他说。

我朝铁桶里看了看,医生用来采胆的玻璃瓶和试管已经发绿,而且黏糊糊的。平时医生对此毫不在意,此时他只是不想让我碍事而已。

我点点头,把铁桶带到储藏室。这间小屋只有一个水龙头,地面上还有一个排水口。我坐在啤酒箱上,用双手握住铁桶的两侧。我听见外面传来医生和陈将军的脚步声。当他们在熊舍里交谈时,黑熊在笼子里坐卧不宁,脚掌在铁栏杆上发出咔嗒咔嗒的声音。我听见好运发出了恐惧的呜咽。

我把水龙头开到最大,让流水冲进铁桶。水花四溅,巨大的水流敲击着铁皮,发出轰隆隆的声音,淹没了其他声响。

我待在储藏室里清洗玻璃瓶,擦掉上面每一处污渍,一遍又一遍,直到看见医生和阿桑把好运推回笼中。他们把它仰面朝天丢进笼子,任凭它的头和脖子窝在角落里。我看着他们走出熊舍,进了办公室。在那里,医生摆好咖啡和法国蛋糕,招待陈将军和胡医生。我从口袋里摸出之前乘人不备从盘子里偷来的杏仁饼干。

我打开笼门,想把好运拽直。但它的身躯十分沉重,嘴巴干裂发黏。我用杯子朝它嘴边倒了一点儿水,它伸出舌头,舔了舔嘴唇。要过很长时间,它才会完全醒来。我轻轻抚摸着它的肚皮,上面有一块毛发已经被剃光,露出柔软的皮肤。

我感到阵阵不适。

肯定是出了什么岔子。或许是因为胡医生在一旁观看,让医生倍感紧张。我数了数它腹部的针眼,全都是医生在寻找胆囊时扎破的,其中一处伤口还淌着透明的黄色液体。它腹部的皮肤有些发烫,像鼓一样绷得紧紧的。当我轻轻按着好运的肚皮时,它发出了阵阵呻吟声。

"你好,阿丹。"

我抬起头,看见萨瓦站在我身旁。她今天的气色看起来不太好。在粉色阳伞下,她的脸色有些发青。

我用胳膊搂住好运,好像要保护它不受萨瓦伤害一样。

她微微一笑:"我能摸摸它吗?"

我皱了皱眉。我可不想让她抚摸好运,是她给好运带来了伤痛。

萨瓦望着我。"我和你一样痛恨这样,阿丹。但我父亲说过,在城里建立养熊场,可以阻止人们捕杀野熊。"她说道,"他还说,这样有助于保护野熊。"

我哼了一声,瞟了瞟那五个用来囚禁黑熊的新铁笼。

"我的医生告诉父亲,我的病情有所好转。他们说,这头熊能够治好我的病。"

我用手指摸了摸好运脚掌上皲裂的皮肤:"人们只对你父亲说他想听的话。"

萨瓦转动伞柄,伞顶只剩下一片模糊的粉色和金色。她皱了皱眉,眼里闪烁着泪光:"他们为什么要这样做?"

我望着她说:"因为他们感到害怕。"

萨瓦挑了挑眉毛,扑哧一乐:"害怕?我父亲?"

我抚摸着好运后背粗糙的皮毛:"你父亲是个大人物,人们只告诉你父亲他想听的事情。他们对他说,我们村通了电,建起了学校,派来了医生。他们告诉他,我们对能迁出山区千恩万谢。人们畏惧他,所以不敢说出实情。"

我掩饰不住语气中的怨愤。我想起了我们支离破碎的村庄。我们不仅远离了山区,人们也疏远了彼此。我想起了阿糯,还有我们破裂的友谊。我想起了那些从森林里被带走的黑熊。

萨瓦一言不发,直直地望着我,不停地转动手中的阳伞。我不清楚她有没有生气,但我不在乎。

"好运病了。"我说,"它会死掉的。"

萨瓦走过来,把一只手放在我胳膊上。"好运是个斗士。"她说,"我会让我父亲保证,给它最好的治疗。"

我把胳膊缩了回来:"就是你害好运生病的!难道你不明白吗?"

萨瓦想让我转过身:"阿丹……我希望……"

我扭脸看着她:"我希望你离开这里,再也不要回来。"

我能感觉到,萨瓦盯着我看了好一会儿,然后转身离开了。她柔软的鞋底在水泥地上发出轻轻的声响。

我向好运嘴里滴了几滴水。它正慢慢醒来。它缓缓地睁开眼,然后眨巴着眼望着我。我真希望自己刚才什么也没有说,这样对她十分刻薄。我应该随她抚摸好运,然后一走了之。

我从口袋里掏出杏仁饼干,用手指压碎,然后把碎屑推到了好运鼻子下面。它闻了闻饼干,然后伸出舌头。

"我看得清你,阿丹。"

我转过身。

萨瓦不知什么时候返回了熊舍,正望着我。

我藏起饼干,关上笼门,盯着地面。

萨瓦上前一步:"我能看清你。"

"不过是一小块饼干。"我说。

萨瓦靠在金色的栏杆上:"我说的不是饼干,阿丹!"

我看着她。

萨瓦叹了口气："我小时候是个淘气的孩子。父亲旅行归来,经常会带回来一些玩具和洋娃娃。有的洋娃娃很漂亮,穿着丝绸衣服,但我总是把她们打碎后扔掉。有人说我被惯坏了。也许真是这样。但我感到很愤怒,因为妈妈去世了,因为爸爸总不在家。我会弄坏他给我的所有东西,还把气撒在周围人身上。我极力伤害所有我爱的人。奶奶过去常说,我看得清你,萨瓦,我看得清你。她的意思是说,她能看透我,看穿我的内心,看出我究竟是个什么样的人。"

我的手指抚过好运的腹部,摸着它被刮掉毛的皮肤,摩挲着上面红肿的针眼。

萨瓦把手放在我的手上："我看得清你,阿丹。"

"萨瓦！"我们俩转过身,萨瓦迅速把手抽了回去。塔林走到我俩中间,瞥了我们一眼："你父亲正找你呢。"他冲好运皱了皱鼻子。"走吧,萨瓦。"他说,然后一把把她拉开,"这里不干净。"

我望着他们离去,不知道塔林指的是好运还是我。

我用海绵向好运干裂的嘴里挤了些水,然后关上了笼门。它舔了舔水,但没有吃饼干渣。它每喘一口气都要哼哼一声,那粗重的呼吸声让我想起了熊妈妈临死前的那个夜晚。我把手伸进栏杆,摸了摸它的脚掌。这两只曾经带着泥土味道的柔软脚掌,如今就像其他熊一样,变得坚硬皲裂。它的腹部遍布伤痕和针孔,由于经常在栏杆上摩擦,皮毛已变得粗糙稀疏。它已经失去了对人类的信任,失去了对我

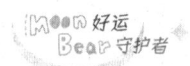

的信任。我曾经对它许下的诺言就像远山间的森林一样遥不可及,好运已经和这里的其他黑熊一模一样。

现在,好运也成了一头采胆熊。

33

萨瓦的心愿

医生离开以后,我留在了养熊场。我拉出一个板凳,坐在好运身旁,抚摸着它的脑袋。它的头有些发热,鼻子干燥皲裂。它一直恍恍惚惚,半睡半醒。我开着熊舍的门,望着天空被西沉的落日染得鲜红。

阿康溜进了大门。

"阿丹?"他在黑暗里四下逡巡。

我朝他挥挥手,让他过来:"怎么了?"

阿康的目光转向好运:"我妈想要见你,还有我爸。"

我皱了皱眉:"我做错什么了吗?"

阿康耸耸肩:"我妈现在就要见你。"

"好吧。"我说,"但一会儿我要回来陪着它。"我关上笼门,跟着阿康穿过马路,走进屋里。他的父亲坐在桌旁,母亲正在用油煎椰肉饭团,屋里弥漫着一股焦糖和椰子的味道。她把饭团倒进敞口盘,撒上酸橙片,端到桌子中央。

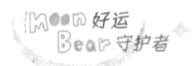

"坐下吧。"她说。

我瞟了一眼阿康,看见他也坐了下来。宋太太推了推盘子,让我拿一个饭团。我拿起饭团,看着她和她的丈夫。

她首先开了口:"阿康告诉过我们,你赚的工钱都没了。"

我看了看阿康,心想:他有没有说过好运进城表演的事情?

宋太太从围裙里拿出几张钞票,数了数放到桌上:"这是你回家的路费。"

"回家?"我说。

她点点头:"拿上这个回家吧。虽然我可以让你留在我们家,但让医生看见恐怕对你不利。"

我盯着桌上的钱。"我不能拿。"我说。

她把钱推到我面前:"阿丹,我听说陈将军的女儿病情已经恶化。"

我抬头看着她,想要弄清她的意思。

她坐到我身旁,握着我的手:"等人们发现医生的熊根本不是什么金熊时,你继续待在这里和医生相处恐怕会很难。"

阿康的父亲坐在那里看着我,慢慢咀嚼着饭团。

"我不能离开好运。"我说。

阿康看了看他的父母:"我早就对你们说过,他会这样说的。"

宋太太向前探了探身:"阿丹,你留下来很不安全。"

我把饭团在手里揉来揉去,看着糯米粘在一起,变得越来越圆。我吃不下去。我放下饭团,推开盘子。"您能帮我吗?"我问。

他们都看向我。

我极力忍住眼泪。也许这是我唯一的机会。"你们能帮我带好运离开这里吗?"我说。

阿康也把饭团在手里搓来搓去:"我告诉过你们,他也会这样说的。"

阿康的妈妈握住我的手:"陈将军有权有势。他仍然相信这头熊能治好他的女儿,那是他唯一的孩子。如果谁敢加以阻拦,就会惹上大麻烦。"

我在她手里攥紧自己的拳头。

她扶起我的下巴:"再说,你又能把它带到哪里?总不能就这样把它丢到野外吧。"

我看着她,说:"我会照顾它。我熟悉森林。"

她微微一笑。"阿丹。"她说,"如果我让一个孩子带着一头熊只身前往森林,那我成什么人了?"

我闭上眼。"待在这儿它会死的。"我说,"它永远也不会知道自由的感觉。"

阿康的父亲向前倾了倾。"阿丹。"他说,"你不能为了一头熊继续留在这里。这不是你的责任。"

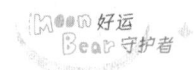

我趴在桌子上。这是我的责任,我想大喊,我也要为了自己而抗争。

宋太太说得对。萨瓦又病了,而且病情严重,来不了养熊场。对于医生,宋太太也说中了。他把气都撒在了熊身上。他用铁棍猛敲铁笼,冲它们大喊大叫,还把铁棍伸进栏杆,用棍头击打它们的侧腹。阿桑跟在他身后,小心翼翼地保持着距离。

医生来到好运的笼前,趴在栏杆上,狠狠地盯着里面。好运紧紧地蜷缩成一团。自从萨瓦上次来过,一个星期里,它几乎没有吃过任何东西,只在昨天夜里吃了几个甜瓜。我见过它腹部的伤口,伤口周围的皮肤变得又粗又硬。凡是好运用爪子挠过的地方,都开始红肿流血。

"阿桑!"医生用铁棍敲着好运的笼子吼道,"我们要为金熊采胆。今天陈将军想要双倍的剂量,他打电话过来,让山里人把胆汁送到他家。"

我抬起头。陈将军为什么想要我去?

医生用铁棍的末端捅了捅地上刚拉的熊粪:"嘿!山里人!过来这儿。"

我走了过去,拿着扫把的手变得汗津津的。

医生继续戳着笼子下面的熊粪:"我看见这摊粪便里有不少甜瓜

子。你都给它们喂了什么？"

"我喂的都是阿桑从市场上买来的东西。"我说。

医生瞪着我，朝地上吐了一口痰："新鲜水果？怪不得它会生病。"

我盯着好运，一言不发。不管是道歉还是争论，都只会招来一顿毒打。

医生转身看着好运："山里人，这次你给我留下帮忙。"

我放下扫把，看着他给好运注射镇静剂，再把它推进制备室。我看着医生扎下针头。超声仪上的图像不太清楚，只有白花花的一片。医生拍了几下屏幕，但图像仍很模糊。我看见，他额头上汗如雨下，滴落在好运身上。当胆汁终于通过探针进入试管再流入长颈瓶时，医生如释重负地长舒了一口气。

很快，没有胆汁再流出来。医生举起长颈瓶，发现还差一点儿。

"山里人，跟我来。"

我跟着医生来到办公室。他拔开一个玻璃瓶的瓶塞，把长颈瓶里的胆汁添了进去，然后用养熊场金色的封条封上，又写了一张便条，塞进信封里。他把药瓶举到我头顶，向前探了探身："陈将军为什么要你把这个送到他家？"

我盯着药瓶："不知道。"

"你会不会趁机造谣生事，告诉将军我的胆汁质量不好？"

"不会。"我说。

我能感觉到医生一直盯着我。他把药瓶塞进我手里:"把这个送到陈将军府上,告诉他周末我会送更多胆汁过去。"

我点点头,从他手里接过药瓶,装进口袋,开始向陈将军家走去。今天虽然阳光灿烂,但天空是深蓝色的,所以有可能下雨。

我穿过城里,爬上山路。由于风雨欲来,远处的群山一片模糊,就连陈将军的府第看起来也不像往日那样高大。这让我想起了好运的金笼,纯粹是一个假象、一场骗局。我敲了敲门,之前给我开门的那个女人走了出来。

"请进,萨瓦想要见见你。"

我跟着她穿过正厅,从大理石台阶拾级而上,走进一个房间。从这里可以俯瞰花园和所有的动物。萨瓦正靠着靠垫,半躺在一张宽大的床上。

她笑吟吟地说:"你来了。是我让父亲的秘书叫你来的。"

我皱了皱眉。原来是萨瓦想让我来这儿,而不是陈将军。"我带来了这个。"我举起一小瓶熊胆汁说。

萨瓦面色苍白,青灰色的皮肤就像雨水打湿的木烬。她双颊深陷,虽然只有一个星期没见,但她瘦了许多。

她吃力地想要直起身。"好运怎么样了?"她问。

我把药瓶放在她身旁,走到窗户旁边,朝下面的花园望去:"它情况不好。"

"你知道,"萨瓦说,"我曾经很想要一只石斑猫,所以一再恳求父亲。当他给我带回一只小猫时,他告诉我说,这只石斑猫在森林里迷路了,恰巧被他遇到。"

我看着下面那只在笼子里踱来踱去的石斑猫。

"也许你说得对,阿丹,人们只告诉我父亲他想听的事情。但也许我们也只听得进去我们想听的事情,有时候真相让人难以承受。"

我不知道该说什么。天空阴沉沉的,房间里也暗了下来。

萨瓦向前倾了倾:"阿丹,这头熊治不好我的病,我清楚这一点。我想在内心深处,我父亲也清楚这一点。但是不到最后,他绝对不会放弃。"

"你害怕吗?"我问。

萨瓦莞尔一笑。"也许有一点儿。"她说,"但我想起了我在森林的阴影中走过的时候,只有在那个时候,我才会驻足回想自己走在阳光下的时刻,才会意识到那种时刻有多美好。"

雨滴噼里啪啦地敲打着窗户,在玻璃上汇成弯弯曲曲的线条。

"阿丹。"萨瓦说,"我想让你做件事情。"

我扭头看着她。

"我想让你把好运带回山里。"

"怎么带回去?"我说,"它病了,更何况你父亲也不会允许。"

萨瓦指着床头柜上的一个丝绸钱包:"请把那个给我。"

我探过身去,把钱包交给她。

"拿着。"她掏出一卷钞票说,"我想要你拿上这些。"

我皱了皱眉:"我不要你的钱。"

"拿着,阿丹。"她说,"你也许会用得着。"

我呆呆地望着手里的钱。

萨瓦又从钱包里拿出一部手机,开始在上面拨号:"整整一个星期,我都在计划让好运重获自由。我想要你带着好运离开这座城市。"

我抬头看着她:"什么时候?"

萨瓦把手机放在耳边,微微一笑:"今天晚上就走。"

34
逃

萨瓦通完话,告诉我:"塔林会帮你的。"

"塔林?可他不喜欢我,也不喜欢熊!"

萨瓦笑了笑:"他答应会去接你。"

我皱了皱眉:"为什么?"

"塔林和我是老朋友了,我们从小就认识。今天傍晚,他会到养熊场接你。"

"他会把我送到哪里?"

萨瓦把手机装回钱包:"我看过父亲办公室里的文件,找到了你们村子原来的所在地。塔林会尽量把你送得远些。"

我把钞票藏进衣袋深处:"我不知道该怎么谢你。"

"让好运感受一下自由吧。"

我出神地站在那里,望着乌云掠过头顶时,墙上不断变换的光影。一阵风吹进房间,仿佛预示着雨要下得更大。

外面走廊上传来一阵脚步声,打破了这里的寂静。

萨瓦扭头看了看房门。"我父亲来了。"说着,她把手伸到枕头底下,摸出一个信封,"拿着这个。如果我父亲找到你,或者拦住你,就把这个交给他,告诉他这封信是他女儿写的。"

我刚把信封塞到衬衫下面,陈将军就走了进来。

他停下脚步,盯着我们俩:"萨瓦?"

"父亲。"萨瓦说,"阿丹给我送来了养熊场的药。"

陈将军扫了一眼桌上的药瓶,又看了看我。

萨瓦歪头一笑:"再见,阿丹,祝你好运。"

陈将军把被单盖到萨瓦的肩头,转身看着我。我顿时感到头晕目眩。我想要说些什么,但为时已晚。我转过身,走下大理石台阶,来到外面,一股热浪扑面而来。

直到那时,我才想起自己没有向萨瓦道别。

回到养熊场后,我心如乱麻,于是有意避开了医生。但愿他不会看出我精神紧张,但愿他不会起疑。我清理了地面,洗干净铁桶,打扫了院子,冲洗了游客使用的厕所。黄昏时分,太阳钻出乌云的缝隙,向屋顶洒满了金光。我透过办公室的窗户看见医生还在那里。他一般不会工作到这么晚。夜幕就要降临,我巴望着他早点儿离开。

好运已经从麻醉中苏醒,但它目光呆滞、神情恍惚。现在要想让它跟我走,恐怕并非易事。我既背不动它,也无法想象塔林会帮我抬着它。我望着面前的两排铁笼,今后谁会来照看咬人魔、杰姆和杰普、熊妈妈的儿子,还有阿华和米伊?我很难丢下它们。我想把它们全部带走。

我离开养熊场,去收拾行李。我得赶在塔林过来接我前,把一切都准备好。阿康跟着我走进房间。

他看着我卷起衣服。

"你要走了。"他说。他不是在发问,而是明知道我在做什么。

我把衣服塞进包里:"我要带走好运。我要把它带回森林。"

"怎么带走?"

我站直身子。"你最好别问。"我说,"等我走了以后,请帮我谢谢你的父母。"

阿康靠在门框上,侧身让我过去:"哪一天回来吧,阿丹,回来看看我们。"

我笑了笑:"好的,阿康。我会回来的。"

阿康关掉电灯。在黄昏的余晖中,我们站在那里,凝望着对方。他拍了拍我的肩膀。"你赶紧走吧。"他咧嘴一笑,"免得我妈看见了,要让你留下来吃晚饭。"

我踩着黑影溜出院子,穿过马路。我回头望去,只见阿康正站在光亮处凝望着我。我看见他挥了挥手,然后转身向家中走去。

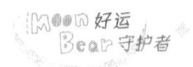

当我来到养熊场的门前时,大门锁着。医生一定已经走了。我拿出钥匙,溜进大门。办公室里的灯还亮着,但屋里没有人。我推开房门,桌面上散落着各种文件,还有一沓刚刚打印出来的标签,标签上印着一头金熊。我打开壁橱,拿出一袋医生最喜欢吃的甜饼干,一会儿好运可能用得上。我溜进熊舍,转身关上了门,然后打开开关,屋里瞬间亮了起来。黑熊在笼里走来走去,等到发现是我时,它们很快安静了下来。好运蜷缩着身体躺在笼里,前爪搭在鼻子上。即使在睡梦中,它仍呻吟不止,呼吸急促而又微弱。

我打开笼子,把手伸了进去。"好运!"我抚摸着它的皮毛,挠了挠它耳朵后面,但它反而用前爪把鼻子搂得更紧。"好运,我们今晚就走。"我在它鼻子前面晃了晃饼干,但它似乎毫无兴趣。我只好提高嗓门儿:"好运!"我戳了戳它,但它只是咕哝了一声,就别过脸去。为了这一刻,我已经等了很久。但是现在,我却无法让它离开这里。

我急得在笼前走来走去。塔林什么时候才能到?也许他根本就不会来?要是他不来,我该怎么办?我想要推动好运,但它太沉了。我给它套上护具,想把它拽出来。就在这时,咬人魔在旁边的笼里坐了起来。它冲着滑门转动耳朵,又抬起鼻子嗅了嗅空气。

"嘘!阿丹。"

我把饼干藏进衬衫,走到门前,看见塔林正站在阴影里。他换了只脚站着,朝身后看了看。

"你准备好了吗?"他问。

"差不多了。"我说。

塔林用衣袖擦了擦额头,向我身后的熊舍望着:"我把车停在街上。你一出来,我就开车接你走。"

"我很快就来。"我说。

塔林点点头,转身离开。我看着他离开,连忙把门关上。

我返回好运身旁。"快点儿。"我捅了捅它的后腰,"快点儿,好运。你得赶紧起来!"

它抬头看了看我,又把脑袋搭在前爪上。

"再来一次,好运。"我说,"来吧。"我把手伸进包里,摸出几个蜜饯坚果:"呵!呵!"

好运把耳朵竖了起来,然后直起身。

"来呀。"我喊道,"呵!呵!"

好运站了起来,把前爪搭在笼边。

"做得好!"我在地上撒了几颗坚果,好让它跟过来。它跳下笼子。我看得出,它的四肢虚弱无力。它一边步履蹒跚地跟着我,一边在地上嗅来嗅去,寻找食物。我把挎包甩到背后,朝门口走去。

滑门半开着,一定是塔林又回来了。我看见门口出现了一个身影。

但那不是塔林,而是医生。

他走到亮光下,把<u>铁棍</u>朝最近的笼子砸了下去,刺耳的声音在熊舍里回响。

"山里人。"他说,眼睛直勾勾地看着我和身旁的好运,"你不会是想要出去吧,是吗?"

35

异常安静的咬人魔

医生推上身后的滑门,向前跨了一步:"看来我决定回来是件好事,对不对?"

我后退一步。好运寸步不离地跟着我,把身体紧紧靠在我身上。

医生又上前一步,用铁棍轻轻拍打着另一只手:"你想要带走我的熊。也许你是想把金熊卖个好价钱?"

我摇摇头。

"你以为你能用我的熊赚钱?"

我又后退了一步:"我要把它带回森林。我要还它自由。"

医生停了下来,嘴角泛起一丝冷笑:"自由?还它自由?"

他用铁棍拍击着手掌。

"我要把它带回去,你阻挡不了我。"

医生哈哈大笑。"很勇敢哪,山里人。"他向前探了探身说,"不过你说的都是蠢话。"

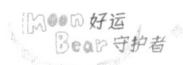

我把手指伸进好运厚实的皮毛。

"把它给我关回笼里,山里人,省得我发脾气!"

我拽着好运,朝它的笼子退去。医生直勾勾地看着我,将手中的铁棍握紧又松开。"继续呀。"他说。

如果我把好运关回笼里,我知道它必死无疑。医生已经气疯了,也许还会杀死我。

咬人魔在笼里发出低沉的吼叫声。我扭头看着它,今天它出奇地安静,一动不动地望着我们。它把头紧贴在栏杆上,凝视着我的眼睛,仿佛能看透我的内心。

"把它关回去!"医生吼道。他一边在手中拍打着铁棍,一边朝我们逼近。

我退到咬人魔的笼前,转身面对着医生。

医生停下来瞪着我:"你想干什么?别给我犯傻。"

我取下笼锁。铁锁哐当一声掉在水泥地上,在熊舍里发出回响。

我把手放在笼门上。

医生不再敲击铁棍,而是盯着我的眼睛,步步紧逼:"给我……离开……笼子,山里人!"

我别无选择。我拨开笼门,打开笼门,让咬人魔的笼子彻底敞开。

时间仿佛静止了一样。

我们全都站在那里,一动不动。

除了咬人魔。它伸出鼻子,嗅了嗅空气,然后跳出笼子,脚掌没有发出半点儿声息。

这是一头巨熊。它晃了晃身体,仿佛想要晃掉多年来的屈辱。它一直被困囹圄,不能舒展身体,甚至不能转身。它用后腿站了起来,差不多有两个我那么高。我能够闻到它的气味,感受到它身体散发出的热量。只用一只脚掌,它就能把我和好运推翻在地。现在我们距离它比医生更近。

我屏住呼吸,把手插进好运的皮毛里,希望它也能一动不动。

千万别动。你既跑不过一头熊,也爬不过它,更游不过它。你必须一动不动。

医生转身就跑。咬人魔发出一声长啸,猛地朝他扑了过去。

我最后看见医生时,他双膝跪地瘫倒下去。咬人魔从后面扑了上来,把他按倒在地。

我把好运拽出门框,转身关上滑门。夜晚的空气又热又闷,暑热减弱了城市里的噪声,还有广播、汽车和摩托车的声音。

我拉着好运走上人行道,一边四下打量。塔林在哪儿?

车前灯突然照向我们,一辆白色轿车驶了过来。司机摇下车窗,一阵冷气向外吹来。

塔林坐在驾驶座上。"快上车!"他紧咬牙关说,"刚才我看见医生在这里走动。上车!"

塔林看起来比刚才更紧张。我拉开后座门,只见白色真皮的座位上一尘不染。我向车里扔了几块坚果,连推带揉地让好运上了车。它摊开四肢,占满了后座。我只得挤到它旁边,让它把头靠在我膝盖上。我想把座位上的手提包挪到一边,但包翻到地上,从里面掉出一顶帽子和几条长丝巾。于是,我随手把它们放到座位后的架子上。

"别让熊碰那些东西。"塔林说,"那都是我妈的,是她去泰国旅游时买的。"

我砰的一声关上车门,塔林立即踩下油门,车子向前冲去。他向后瞟了一眼。"这可是我妈的车。"他说,"别让熊弄脏了,要不我就死定了。"

我靠在后座上,靠背柔软而凉爽。好运一动不动,有些过于安静。虽然车里开着冷气,但它身上滚烫,一直大张着嘴喘气。

我们飞快掠过集市和一座座楼房,穿过这座城市。当天是船灯节,到了晚上,人们纷纷手持蜡烛,站在街道两旁,河面被照得波光粼粼。此时,街头不时传来阵阵音乐声。我暗自庆幸,我们带着一头黑熊,穿梭在车流之中,竟然没有人察觉。塔林双手紧握方向盘,骨节绷得都发白了。

我们很快离开城市,开上山路。我看见萨瓦家的宅子就在旁边,不知道她现在怎样了。我差一点儿央求塔林停下,带上她一起走,但他只是扫了一眼宅子,径直向前开去。来到山顶后,塔林突然猛踩了一下刹车,只见前面出现了一条长长的车队。

"真麻烦!"塔林说,"遇上检查站了。"

在前方,两名士兵正弯腰检查过往的车辆。

我把手伸进好运的皮毛里,攥紧了拳头:"他们已经听说我们逃跑了吗?"

"应该没有。"塔林说,"我想只是因为过节,他们在检查有没有车辆走私货物。"他朝后看了看,好像是在寻找退路,但我们后面已经停了好几辆车。如果现在掉头开走,反而显得有些可疑。

"但愿他们只检查后备厢。"塔林说。

我们离检查站越来越近。我看着士兵打开后备厢,一辆接一辆。我灵机一动,突然想出一个主意。假如这个办法不管用,我不敢去想接下来会发生什么。

塔林用手指敲打着方向盘,小声咕哝了一句。我从后视镜里看到他的眉头紧锁着。

"对不起。"我说,"我不想让你受到牵连。"

塔林没有回答。

"不管发生了什么,我都想谢谢你为好运所做的一切。"

"我这么做不是为了这头熊。"塔林打断我说,"而是为了萨瓦。"

一名士兵敲了敲车窗。轮到我们了。

士兵把头转向车后:"打开后备厢。"

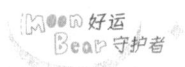

我长舒了一口气。至少我还有一点儿时间准备。

塔林按下开关,打开后备厢锁。我听见他们向车后走去,朝里面看了看。只听砰的一声,他们又回到窗前。

"这么晚了,车上有人和你一起吗?"士兵问。

塔林瞟了一眼后座,但忍不住又看了一眼。

他扭头看着士兵。"我带表弟出城串亲戚。"他顿了顿,接着说道,"还有我姑妈。"

士兵用手电筒照了照后座。亮光在我身上一闪,转而照向旁边一个头戴帽子、系着丝巾、戴着墨镜的家伙。

不管坐在后座上的是塔林的姑妈,还是一头穿着入时的黑熊,士兵只看到了他想要看到的东西。

他用手拍了拍车顶,挥手放行。

36

重返故乡

出城以后,汽车开始沿着公路匀速行驶。我只听见发动机的嗡嗡声和轮胎驶过坑坑洼洼时的声音,还有 CD 机里传来的流行音乐。

不知什么时候,我渐渐进入了梦乡。直到汽车在崎岖的路面上不停颠簸时,我才突然醒过来。天上下起了大雨,雨点敲打着风挡玻璃,雨刷正来回摆动,轮胎底下水花四溅。车前灯照着的雨滴在黑暗中闪着星星点点的亮光。

我不知道自己睡了多久,虽然至多只有几个小时,但感觉就像过了几天。空调让我口干舌燥、浑身发冷,我觉得自己仿佛坐在一台冰箱里。我挪了挪地方,坐直身体。因为一直被好运压着,我的双腿有些麻木。我摸了摸它的腹部,那里凉冰冰的,而且十分松弛。好运开始呻吟起来。虽然车里十分凉爽,但它呼哧呼哧地喘着粗气,每喘一口气,都会哼一声。

"你醒了。"

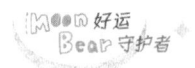

后视镜里,塔林正望着我。

"走了多远了?"我问。

"不远。"塔林说,"这两个小时我们一直在上山。因为这场雨,路况十分糟糕。"

我挠了挠好运的耳朵。它贴在我身上,闻了闻我的手,想要吃东西。它舔着我因为出汗而发咸的手指,我感觉到它的舌头又干又硬,就像树皮一样。

我朝后望去,到处一片漆黑。在远处,一对车前灯正照着我们。最初,它们看起来很小,仿佛远在天边。慢慢地,它们从山上下来,开始曲折前行,离我们越来越近。我能够看见大山的边缘。我已经忘记了大山的模样,忘记了它们有多么辽阔和荒凉。过了一会儿,卡车才开到我们身边。塔林停到路旁,让它先通行。这辆巨兽般的卡车隆隆驶过,上面堆满了砍下的树木。

那里就是密林遍布、连绵不绝的高山。我想要摇下车窗呼吸山间的空气,让森林的气息充满我的肺部。我想要闻一闻树木、雨水和湿润的泥土味道。我揉了揉惺忪的睡眼,我们很快就要到了,我终于带着好运返回了山里。也许当它的脚掌踏上土地时,它就会好起来。到时候,我会找到许许多多它能吃的东西。现在,森林里正是盛产蚁卵、野果和蘑菇的季节,也许有些蜂巢还残留着一些蜂蜜。

塔林沿着卡车来时的道路向山上开去。如果我看向窗外,就会发现这条道路仿佛通向遥远的天际，来来往往的伐木车已经把土路压得十分平坦。

随着发动机发出隆隆的声响，汽车轮胎在泥泞的小路上挣扎前行。眼前的道路逐渐变得平坦，天边也出现了一线曙光，头顶的乌云已经散去，一弯新月照耀着天上蜘蛛网般薄薄的云彩。

伐木站就在前方，过了伐木站便是我在山里的老家。随着工人们陆续醒来，木料场和他们家中的灯光在浅蓝色的晨曦中闪闪烁烁。我看见酒吧开着电视机，一些男人已经手拿啤酒，坐在凳子上。我上次来这里时，爸爸正向他们卖蜂蜜。有几个人朝我们这边看了过来，但愿他们不会盘问我们。塔林加快速度，经过伐木站，继续朝山上开去。

我就要到家了——真正的家。我知道，我家的房子已经不在了，但也许我可以为自己搭建一个遮风挡雨的地方，也许我可以搬到森林深处。等我把一切都安顿好，我就把爷爷、妈妈和妹妹们也接过来。我抚摸着好运的皮毛。我曾经答应过它，要带它回来，要让这一切变成现实。但实际上，是好运给了我勇气，是它把我带回了这里，是好运让这一切变成了现实。

我们迤逦驶入前山，只见伐木工们正在忙碌着。这里光秃秃的，山腰上的树桩星罗棋布。我一心想着老家的森林，我熟悉那片森林，我会教好运如何在那里生存。我已经能看清前方的山脊，翻过山脊就到家了。

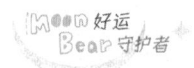

通向山顶的公路十分陡峭,却布满了车辙。塔林想要登上山顶,汽车引擎发出巨大的轰鸣声,但轮胎一直在泥浆里打滑。塔林缓缓停车,把头靠在方向盘上。他看起来十分疲倦,白衬衫也变得皱巴巴的。

他扭头看着我。"就到这儿了。"他说。他瞟了一眼后座上四仰八叉的好运:"我只能送到这里了。"

我点点头,把好运推下膝头,拉开了车门。因为刚刚下过大雨,清晨的空气湿润而凉爽。"谢谢你。"我说。

我走下车,双腿麻木得几乎失去了知觉。我推了推好运,它抬起头,嗅了嗅四周的空气。那气息仿佛触动了它脑海中遥远的记忆。

"来吧。"我说。我在后座撒了些坚果,想让它下来,但它只是嗅着空气。终于,它直起身,连跳带滑地下了车。它用鼻子拱着红色的泥土,对着泥浆发出呼哧呼哧的声音,还向四周甩出一些泥点。我叫了一声好运,转身朝山顶走去。

塔林把我叫了回来。"阿丹,你忘了这个。"他站在地上,紧抓着我的挎包,白色的运动鞋上沾满了泥浆。塔林在泥洼里跌跌撞撞地走过来,把挎包塞进我手里。"照顾好它。"他说。他弯下腰,把脸贴在好运的皮毛上:"照顾好它。为了萨瓦,照顾好它。"

我望着塔林返回车中,掉头离去。红色的尾灯渐渐消失在山下,只剩下好运和我。我想,前方一定是起伏的山脉和深深的密林。

"来吧,好运。"我说,"我们要回家了。"

快到中午时，我们才走到山顶。山顶上又湿又热，没有一丝微风。好运想要躺在凉爽的泥淖里睡上一觉，我只好连推带拉，用蜜饯坚果哄着它前行。已经不远了，翻过山顶就是森林，那里的树木一定很高，树梢上还挂着大大的积雨云。

来到山顶前，天上下起了蒙蒙细雨。我丢下拴在好运头上的绳子，冲到它前面，手脚并用地爬上山顶，向四周凝望。我立即认出了这片土地，还有大山上每一处蜿蜒曲折的小径。

但是，这里没有树木。

没有森林。

空无一物。

只有无边无际光秃秃的红土地和密密麻麻的树桩。雨水在山腰冲刷出道道深壑，而两侧的树桩就像累累白骨。

爷爷说得对。

就连我看不到的地方，森林也已经被砍光。

任谁也看不出这里就是我们曾经居住的地方。

没有森林。

没有树木。

没有家园。

我扑通一声跪倒在地，汗如雨下。好运蜷缩在我身旁的土地上。

雨下得越来越猛,好运的皮毛变得乱蓬蓬的,还沾满了泥浆。我用手摸了摸它的脑袋,它闭上眼睛,张着嘴大声喘气,好像上不来气一样。我把头埋进它胸口的皮毛里,躺在那里听着它急促的呼吸,还有心脏怦怦跳动的声音。

就在这时,我听到远处传来另一个声音,仿佛是发动机在隆隆作响。我抬起头,以为会看到有伐木车驶来,但通向山顶的道路上空无一人。这个声音越来越大,响彻天空。突然,一架直升机出现在薄雾中,机舱的窗户反射着阳光。我四下望去,这里根本没有地方可以躲藏。直升机穿出薄雾,开始在山顶盘旋。

在好运和我的上空盘旋。

我坐起身,用双臂搂住好运。我的内心感到一阵不适,因为我知道直升机里坐的是谁。他是来抓好运的。我早就知道,他不会放走好运。

螺旋桨的气流猛地刮到我的脸上,刮起我的头发,我不禁抱紧了好运。我望着直升机缓缓降落,陈将军和两名士兵走了下来。他拽直军装,蹚过泥浆朝我走来。一条小河横亘在我们之间,河里的泥浆像鲜血一样。

陈将军俯视着我们:"你以为我找不到你?"

我搂紧好运:"它需要到森林里去!"

陈将军擦了擦额头的汗水:"我需要这头熊!"

我把手伸进好运厚厚的皮毛,攥紧了拳头:"别带走它!"

陈将军向两名士兵使了个眼色。其中一个人把我拖开,然后将我四仰八叉地丢在泥浆里。我看着他们靠近好运,想要把它抬起来。好运挣扎着,被拖向直升机的机舱口。

"陈将军!"我大声喊道。

他扭过头,制服上满是污泥。

我匆忙跑上前去,拿出萨瓦给我的那封信,把它递到陈将军手上。

陈将军盯着我:"这是什么?"

"您读读这封信。"我说,"这是您女儿萨瓦写的。"

37
萨瓦的信

最亲爱的父亲:

如果您读到这封信,您一定违背我的意愿,去追阿丹和好运了。我再次请您放走他们,因为我们不应该认为我们是他们的主人。

虽然我知道,您这样做是为了我。

我能看清您,父亲。

我看到,在黑暗的日子里,您想要抚慰我,想方设法让我继续留在您的身边。然而,您并没有看清我。您认为,如果没有了妈妈或者我,您将孤身一人。我知道,这一点让您感到害怕。

妈妈刚去世时,我也曾感到害怕。当您不在家时,奶奶带我到森林里散步。我想要停下来回家,但她告诉我说,我们得继续前行。我们走进森林深处最阴暗的地方,我感到腿很疼,认为自己走不动了,但奶奶不让我停步。最后,我们一直登上山顶。我生平从未看过这么远,崇山峻岭绵延不绝。奶奶对我说:"看哪,萨瓦,别忘了眼前的世界大着呢。"

我们坐了下来,遥望群山。当我们起身离开时,我问她地平线那边还有什么。她说:"那要靠我们去想象,靠我们用脚步去丈量。无论前方的道路有多黑暗,也要坚持自己最初的梦想,不要轻言放弃。"

父亲,我的梦想,是让我们所有人都生活在富饶多彩的土地上,让这片土地真的成为万象之国。在我有生之年,我也许无法实现这些梦想。但是,如果阿丹和好运能够重返森林,那代表我也朝着这条道路迈进了一步。

所以,也请您继续前行,我会一直陪伴在您左右。

只要您想要找我,您总会找到我。我就是那只在金色阳光下翩翩起舞的蝴蝶。

当您走近细看,您就会看清我。

我也会看清您。

最最爱您的萨瓦

尾声 六个月后

有时候，我会在夜里仰望群星。每当我看到那颗最亮的星星，我就会想起萨瓦。也许她和我爸爸都在天上。妈妈常说，我们爱过的人会在天上保佑我们。但是现在，我不再相信这句话。我认为，他们因为活着时所做的一切，此刻仍然活在我们当中，活在我们所做的一切事情当中。

我以手遮阳，朝山上仰望，新建的森林保护区绵延不绝。这正是萨瓦的愿望，也是因为她才得以实现。"陈萨瓦野熊救助所"就坐落在这座山脚下，那里绿树环绕、花草繁茂。

在六个月的时间里，这里建好了熊圈、兽医院和游客中心。救助所每周开放五天，人们可以前来参观。养熊场的铁笼和其他折磨它们的工具已经被送往博物馆，如今那里空空如也。

新的救助所依山而建，里面的大多数黑熊因为过去一直被关在狭小的笼子里，已经无法在野外生存。但是在这里，它们能够嗅到森林的气息,听到森林的声音,呼吸到森林的空气。这座草场里有树木可供攀爬,有池塘可供游泳,还有竹子做的玩具。到了夜里,黑熊还可以看到月亮和星星。这里是它们离自由最近的地方。

这里也成了我们的家园。爷爷、妈妈、苏丽、阿美和我住在附近的一座小山村里,步行一个小时就能抵达救助所。妈妈在纺织厂工作。她们有一架织布机,还计划要种植桑树,以便将来养蚕缫丝。

苏丽和阿美很喜欢新学校,而我更喜欢和爷爷一起看望黑熊,一起到森林里散步。

爷爷拿着一篮水果,正在野熊救助所的入口等我。"给你。"他笑着说,"我一直在等你。"

我也会心一笑。爷爷穿着护林队的制服,看起来十分帅气,也年轻了许多。

"来吧。"爷爷说,"今天是个特别的日子,我们去看看黑熊吧。"

我和他一起走进救助所,沿着繁花盛开的小路前行。这是救助所开放的第一周,游客们纷至沓来。就在刚才,又有一辆满载游客的中巴车来到了这里。博物馆里,一群小学生正围在铁笼旁参观,其中一个男孩经过允许爬进了铁笼。只见他伸手摸了摸栏杆,想要试试这个笼子有多狭窄。

"上个星期,阿康来看黑熊了。"我说。

爷爷笑了起来:"他是不是想要你教会所有的黑熊跳舞?"

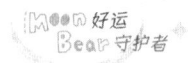

我咧嘴一笑:"不是。他说他有个新计划,更好的计划。他说总有一天,他会为游客打造终极的野生动物参观体验。他会在森林里建造小木屋,在树顶上铺设步道。他还想让我也加入。"

"那你怎么回答?"

"我说我还是跟熊待在一起好了。"

我们走向黑熊的住所,并且在第一座熊圈前停了下来。这里绿树成荫、空气凉爽,黑熊都在树下乘凉。迄今为止,这里已经有十二头黑熊了。

我微微一笑。我几乎认不出咬人魔了。在它袭击过医生以后,大家都认为它过于凶残。因为当人们发现医生时,他已经奄奄一息。阿康的妈妈说,他现在既不能行走,也不能说话,在这种状态下生不如死。但奇怪的是,自从来到救助所,咬人魔反而成了这里最温驯的黑熊,它喜欢卧在那里晒太阳,或者到池塘里游泳,还第一个向救助所里新来的黑熊打招呼。

杰姆和杰普也在这里。它们喜欢在山坡上滚来滚去。虽然已经三岁了,但是到了晚上,它们仍然喜欢蜷缩在一起。熊妈妈的儿子和它们在一座熊圈里,不过它喜欢独自待着。白天,它总是蜷缩在围栏边;到了晚上,它就会坐在那里,望着月亮。它逐渐喜欢上了救助所的一位员工,那位老奶奶已经有了十五个孙辈。它总是跟着她,在围栏里走来走去。老奶奶对它就像对自己的孩子一样,而且经常给它特殊的待遇。

阿华和米伊也来了。兽医为它们清洗了伤口。如今,它们已经重新长出了亮泽的黑色皮毛,脚掌也没有了往日粗厚的老茧。就像森林里的野熊一样,它们也喜欢翻跟头、玩耍和爬树。

爷爷和我继续前行,在另一座熊圈前停了下来,但里面看不到黑熊。树上挂着的吊床似乎从没被动过。池塘里的水面也波澜不惊。

我深吸一口气,打量着熊舍四周。

好运并不走运。

当兽医切开它的腹部时,发现里面已经感染。兽医说这是腹膜炎,它的身体已经无法恢复。为了让它活下来,他们为它冲洗腹腔,切除了感染的部分,并且注射了大量的抗生素。接下来只能等待奇迹。

我把头贴在熊舍的铁丝网上,扭头看着爷爷:"萨瓦说,好运是个斗士。"

爷爷表示赞许:"没错,她说得对。你看,好运过来了。"

这正是我们期待已久的时刻。好运历经漫长的六个月才逐渐康复,这是它第一次来到户外。在熊舍的入口处,出现了一个黑色的身影。有人打开栅栏。一只黑熊仰起鼻子,嗅了嗅空气,然后迈步出来,用鼻子拱着土地。它看起来瘦多了,皮毛一簇一簇的,显得参差不齐,肋骨和髋骨在皮肤下清晰可见。它又嗅了嗅土地,好像闻到了其他熊的味道,于是向后退了一步,回到栅栏里。

我朝它打了个呼哨:"过来,好运,你能行的。"

爷爷打开熊舍的大门:"如果它看见你,也许就会出来了。"

我从爷爷手里接过一个木瓜,走过草地,蹲在栅栏旁边:"过来,好运,是我呀。"

我看见了它黑色的面孔和灰色的鼻子。它迈开大步,跌跌撞撞地走来,把前爪搭在我肩头,用鼻子紧挨着我,从胸膛深处发出嗡嗡的声音。我把脸埋进它的皮毛,但它闻到了木瓜的味道,想要从我手里拿走。

我把木瓜扔了出去,让它滚落斜坡,朝着碧绿的池塘滚去。好运拖着脚走下斜坡,爪子深深嵌在泥土里。它没有吃掉木瓜,而是继续向前走,来到了池塘边。它停下脚步,闻了闻水的味道,在水面吹起许多泡泡。水面上漂浮着落叶,泛起粼粼的波光,好运把一只爪子伸进水里,接着又伸进去一只。我望着它跳入水中,滑落到水面以下。它很快上来透气,喷出一道水花,接着又消失了,只剩下水面上一圈圈明亮的波纹。不一会儿,它浮出水面,爬上岸边,抖掉身上的水珠,阳光下水花四溅。因为用力太猛,它栽倒在地。我看见,它闭上眼睛、张开嘴巴、四脚朝天地躺在那里,仿佛正在对我微笑。

爷爷蹲到我身旁,把手放在我肩膀上:"你爸爸一定会为你感到骄傲的。"

我看着围栏和远处的森林。"但它们仍然没有获得自由。"我说,

"其他黑熊也会过来。人们会从山里捉走更多黑熊,砍伐更多树木。还有很多像医生那样的人,不少人仍然愿意购买它们的胆汁。"我把头靠在膝盖上:"这些黑熊的希望在哪里?这只不过是一座小山而已。"

爷爷用手搂着我:"阿丹,你就像南鹏一样。"

我冲他皱了皱眉:"南鹏?"

"你还记得吗,阿丹?南鹏,就是那只小蜜蜂呀。"

我推开爷爷的手:"它怎么了?"

爷爷挥动手臂,指着四周的救助所、学校、村庄和游客。又有两辆旅游巴士开上陡峭的山路,阳光在车窗上闪闪烁烁。"看看你的周围,阿丹。"他说,"难道你没有看见这里正在发生的事情吗?看看前来这里参观的人们,他们希望了解有关黑熊和森林的真相。还会有更多人过来,想要亲眼看看这里的情况。他们也会希望做出改变。"

在阳光下,我眯起眼睛,想要看清爷爷所说的一切。

"听,阿丹。"爷爷说,"你不是一个人。你听到蜂群的声音了吗?"

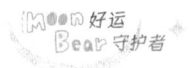

给读者的信

亲爱的读者:

　　在一本杂志上读到养熊场在采胆汁时残酷的做法后,我的脑海里产生了一个想法,我要把这个故事写出来。我震惊地得知,在东南亚,许多黑熊被囚禁在狭小的笼子里,脚下只有光秃秃的栏杆。它们忍受着饥渴和疾病,在采胆汁的过程中要经历非同一般的痛苦。它们无法按照"野熊"天生的习性生活。这种做法是为了给人类的医药市场采集熊胆汁,而买家遍及全世界。

　　我觉得,在这些黑熊当中,一定隐藏着许多故事,因此我有必要把它们的故事讲给大家。于是,我开始向自己提问:这些黑熊来自哪里?谁捉住了它们?谁卖掉了它们?谁拥有它们?谁照料它们?谁为它们采胆汁?谁来购买胆汁?我发现我的问题大部分都以"谁"开头,所以这个故事不仅是熊的故事,也是很多涉及其中的人的故事。这也是阿丹的故事。他像那头幼熊一样,被迫离开了森林里的家园。

　　在这个故事中,我还提到了美国在越南战争期间对老挝的轰炸(1964—1973)。时至今日,仍有数百万枚尚未引爆的炸弹留在老挝境内,散落在乡野和城镇,让无数人的生命和生活受到威胁。在这个故事中,一枚炸弹爆炸后,炸死了阿丹的父亲。当时,他正在田间挖水渠,而阿丹的生活也从此发生了翻天覆地的变化。我想借用这一情节表明,世界各国政府所做的任何有损于自然和谐发展的决定,都有可能对数代人的生活造成巨大的影响。

如今,我们面临的重大决定均与自然界有关。我们的大自然正在遭到破坏和过度开发。因此我在故事的结尾寄予某种希望,并且告诉大家,就像南鹏的故事一样,如果有更多人愿意发出声音,我们就有可能带来改变。

希望你喜欢这个故事。要知道,你同样可以做出改变。

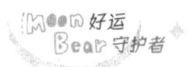

有关月熊的小知识

1.月熊(亚洲黑熊)是世界上八个熊种之一,其他七种分别是:美洲黑熊、棕熊、北极熊、大熊猫、日熊(马来熊)、懒熊和眼镜熊。

2.月熊的名字源于它们胸前V字形的白色斑纹,这块斑纹的形状就像一弯新月。

3.在野外,月熊靠食用蜂巢、水果、坚果、昆虫、蔬菜以及田鼠和鸟类等小型动物为生。

4.据说一头熊可以从五公里外闻到蜂蜜的味道。

5.月熊出生后,三岁以前会一直和母熊待在一起。

6.月熊喜欢在白天睡觉,到晚上醒来。它们最活跃的时段是黄昏至黎明。

7.月熊是中等大小的熊种,雌性的体形小于雄性。

8.在野外,月熊可以活到三十岁左右。在养熊场里,很多月熊的寿命不到野生月熊的一半,年龄介于十至十二岁之间。